警犬汉克历险记43

扭曲的猫咪

作 者

[美] 约翰·R.埃里克森

插画家

[美] 杰拉尔德·L.福尔摩斯

译 者

陈夏倩 英尚

浙江工商大学出版社
ZHEJIANG GONGSHANG UNIVERSITY PRESS

图字：11-2011-207 号
图书在版编目（CIP）数据

扭曲的猫咪 /（美）埃里克森（Erickson,J.R.）著；
陈夏倩，英尚译 .—杭州：浙江工商大学出版社，2015.3
（警犬汉克历险记；43）
书名原文：The Case of the Twisted Kitty
ISBN 978-7-5178-0141-2

Ⅰ. ①扭… Ⅱ . ①埃… ②陈… ③英… Ⅲ . ①儿童故
事—美国—现代 Ⅳ . ① I712.85

中国版本图书馆 CIP 数据核字（2013）第 292156 号

扭曲的猫咪

[美]约翰·R.埃里克森 著

陈夏倩 英尚 译

出版发行	浙江工商大学出版社
出 品 人	鲍观明
版权总监	王毅
组稿编辑	玲子
责任编辑	罗丁瑞　黄静芬
策划监制	英尚文化　enshine@sina.cn
营销宣传	北京大地书苑图书发行有限公司
设计排版	纸上魔方
印　　刷	北京市全海印刷厂
开　　本	710mm×1000mm　1/16
印　　张	8
字　　数	100 千字
版 印 次	2015 年 3 月第 1 版　2015 年 3 月第 1 次印刷
书　　号	ISBN 978-7-5178-0141-2
定　　价	19.80 元

此书献给我刚出生的两个孙女：
阿莉莎·埃里克森和瑞安娜·威尔森

牧场全景图

1. 盖岩高地
2. 通往特威切尔市的道路
3. 通往高速公路和 83 号
   酒吧的道路
4. 马场
5. 斯利姆的住所
6. 蛋糕房
7. 器械棚

8. 翡翠池
9. 鲁普尔一家住所
10. 比欧拉所在牧场
11. 邮筒
12. 油罐
13. 狼溪
14. 黑森林

出场人物秀

汉克

　　牛仔犬，体型高大。自称牧场治安长官。忠诚又狡黠，聪明又愚蠢，勇敢又怯懦。昵称汉基。

卓沃尔

　　汉克忠诚但胆小的助手。个子矮小，执行任务时，经常说腿疼，让人真假难辨。

皮特

　　牧场里的猫，喜欢和汉克作对，但与卓沃尔关系不错。

鲁普尔

汉克所在牧场的主人，萨莉·梅的丈夫。

萨莉·梅

牧场女主人，因不喜欢汉克的淘气和邋遢，与汉克的关系时好时坏。

斯利姆

牧场的雇员，牛仔，独身，生活较邋遢。

阿尔弗雷德

鲁普尔和萨莉·梅的儿子，是个活泼、好动的小男孩儿。

莫莉

鲁普尔与萨莉·梅的女儿，阿尔弗雷德的妹妹。

皮特有不可告人的动机吗?

我们看见萨莉·梅加大油门，轮胎飞转着，开始爬上房子前面的小山坡。

突然皮特的眼睛睁开了。"等等！我想到一个主意。你可以跑在她汽车的前面。"

"啊？为什么呢？"

"噢，你可以去护送她。你还不明白这样可以表现出你的关心和忠诚吗？"

"是的，但我还是不明白……"

"你可以跑得很慢……防止她在有冰的路面上打滑。别忘了，鲁普尔对此非常关心。"

我把所有的这些信息在数据处理器里分析了一遍。"你知道的，皮特，我认为你说得有点儿道理。这会很英勇，是不是？"

"噢，是的。"

"她会感激的，对吧？"

"噢，是的，嗯，没错。"

我把一只爪子放在他的肩膀上，看着他眼睛的深处，他的眼神看上去非常真诚。"好主意，伙计。我认为这个计划会奏效的。万分感谢。"

我转身迎着风，立即启动了"全力发射程序"。当我呼啸离去的时候，我听见皮特最后鼓励我的话："别忘啦，待在车的前面……慢慢走！"

"知道了，皮特！多谢了！"

就这样，我投入到了特殊的护送任务之中。

目录

第一章 卓沃尔的白日梦　1

第二章 冬天里的滑雪巡逻　9

第三章 我和皮特成了好朋
　　　友　19

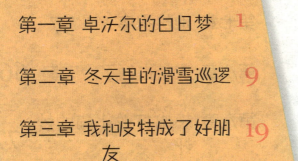

第四章 特殊的护送任务　28

第五章 女怪物侵入了牧场　38

第六章 我们是背信弃义的
　　　牺牲品　48

第七章 地热程序　　57

第八章 皮特占领了冷冻室　66

第九章 想出打败小·猫的妙
　　　　计　　　　　　　　77

第十章　　对小·猫的正义惩罚　87

第十一章 我终于赢得了萨
　　　　　莉·梅的心！　　99

第十二章 我们对小·猫的最
　　　　　后胜利　　　109

第一章

卓沃尔的
白日梦

又是我，警犬汉克。根据我的回忆，这个神秘的事件开始于潘汉德尔地区的深冬季节。没错，准确地说是在一月，一年之中最黑、最冷的月份。就在这个黑暗寒冷的一月，我使谷仓猫皮特遭受了史上最惨重的……失败。

还记得皮特吗？他是一只典型的猫：傲慢，自私，而且不太聪明。使他受到羞辱、失去精神上的平衡，是我在牧场的重要工作之一，我很自豪地告诉你……噢，你将会看到的。

我只能说正义得到了伸张。皮特确实得到了他应得的惩罚。

我们说到哪儿了？噢，对了，一月。在一月份，治安部门普通的日常工作被一场大雪中断了，风在不停地号叫，天极度寒冷，我们狗挣扎着只是为了熬过这一天。这不是一个我们实施很多调查，或者发明保卫牧场新技术的月份。然而……

你也会感到惊奇的。你能相信吗？就是在这样一个一月，我成功地发明了具有革命性的新技术，可以护送汽车离开我们的牧场。这是事实，下面便是事情发生经过的最新消息公告。

好了，让我们往后倒一点儿，把场景固定在一月里，一个寒冷的早晨。地面上积了四英寸厚的雪。公路上很滑，很危险。所有的树和灌木丛都披上了一层厚厚的霜。

有些狗也许会说，这是一个非常美丽的冬天场景。但我不这么看。当你的麻袋床上结了冰时，这是不是非常美丽的冬天场景？当你在大雪里行走只是为了让你的胃别冻住时，这又有什么美丽可言呢？

这就是我们正在做的，我和卓沃尔，治安部门的精锐部队。我们沿着先前我们用脚在雪里踩出来的结了冰的狗道，走过牧场总部，只是为了不被冻成狗冰雕。

正如你所料想的那样，卓沃尔每一步都在呻吟着、抱怨着。"噢，汉克，我太冷了！我不知道我是否还能再走一步。我的爪子被冻僵了。"

"那就坐在雪里，看你是否喜欢。"

"不，因为那样我的爪子会感觉好点儿，但是我的尾巴会冷的。"

"我认为你必须作出选择：让你的爪子冷，还是让你的尾巴冷。"

"我更愿意在让爪子与尾巴暖和之间选择。"

"好吧，卓沃尔。那是你自己的事。你可以选择任何你喜欢的，但是不许再呻吟和抱怨了。"

"我认为我该选择……让爪子暖和。"

"太好了。"

我们继续前进，穿过总部。我的爪子快要冻僵了，但是我呻吟，抱怨，让自己出丑了吗？没有，先生。当一个人在牧场里长大，并接受了牧场治安长官的工作，他就远离了舒适的生活，学会了忍受各种痛苦和不适。这与工作是密不可分的。我们必须承受最恶劣的天气，并且……

天啊，我的脚冻僵了！我加快了脚步，想忘掉痛苦。然后我突然意识到……卓沃尔停止了呻吟和抱怨。我回头看了一眼，惊奇地看见他正咧着嘴傻笑。

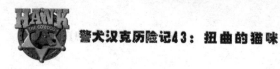

我叫停了行进中的纵队。"停！卓沃尔，我们正行进在冰冷的雪里和恶劣的地形上，但是我注意到你的脸上带着傻笑。你愿意解释一下这是为什么吗？"

他回过神来。"噢，嗨。你是在跟我说话吗？"

"当然，我在跟你说话。我还能跟谁说话？"

"噢……"

"快点儿，我快冻僵了。回答我的问题。"

"噢……我不记得是什么问题了。"

我耐着性子。"好吧，我再说一遍，请注意听着。"

"我准备好耳朵了。"

我眯着眼睛，仔细看着这个小傻瓜。"什么？你'伤着耳朵了'？你是这么说的吗？"

"不是，我说，我准备好耳朵了。"

"对。我就是这么说的。"

"不对，你说我伤着耳朵了，但是我说我准备好耳朵了。"

"完全正确。这不是事实吗？"

"噢……我猜是这样……当然了。我准备好耳朵了。"

"啊！又来了。"这是一个新的让人困惑的表达方式。我开始了踱步，当我的大脑被激活考虑高层次的问题时，我经常这样做。"准确地告诉本法庭，你说的'我伤着耳朵了'是什么意思。我们说的是什么样的耳朵？"

"噢，让我想想。"他转动着眼珠儿，"就是普通的老耳朵。狗耳朵。"

"啊哈！狗耳朵。我开始明白了。"

"是的，因为耳朵是用来听的。而且我们是狗。"

"完全正确。线索开始汇聚到一起了。"我停止了踱步，转身面对着他。"卓沃尔，你是否认为'伤着'会让人联想到'打起来了'？"

"没有，但是它们有点儿押韵。"

"它们是押韵，但是不要人云亦云。"

"你说的这句话也押韵。"

"请不要再说押韵的事了，认真听我对你存在的问题的分析。"

"噢，我不知道我有什么问题。"

"你当然有问题，一个非常严重的问题。"我走到他的跟前，看着他眼睛的深处。"你不明白吗？'伤着'和'打起来了'使人联想到恐吓转变成了侵害行为。小小的反叛行为是否会突然爆发出来？"

"噢……"

"不要跟我争论。研究证据，追踪线索。昨天，你还是条幸福的小狗。今天，你却在谈论打架斗殴，扯掉你狗同伴的耳朵。到底发生了什么，卓沃尔？是什么使你做起了暴力的白日梦？"

他盯着我看了一会儿，然后咧着嘴笑了。"你知道吗？我认为你误解了我所说的话。"

"噢，所以就是这样。现在你在责备我，哈？你在尼罗河里，卓沃尔，水已经没过你的脑袋了。你该清醒一回了，面对事实吧。"

"我说我准备好耳朵了。说实话，这就是我所说的。"

"啊？你说……"我向旁边走开了几步，想消化一下这条最新的信息。"让我直说吧。你说你准备好耳朵了？"

"是的，这就是我所说的。我准备好了，听你的问题。"

"你没有说任何有关打架斗殴或者扯下你同伴耳朵的事？"

"没有。你是知道的。我害怕打架。"

"所以……我有可能……噢，误解了你的话？"

"我想是这样的。"

我深深地吸了一口气，然后慢慢地把气从我的肺里吐出来。"所以……我们的整个谈话几乎……是毫无意义的？"

"我认为是这样。"

我走到他的面前，把一只爪子放在他的肩膀上。"卓沃尔，我认为我们最好把这次谈话作为……我们两个之间的秘密。你同意吗？"

"噢……"

"好。我的意思是，我们必须尽可能地维护我们治安部门的好名声。如果信息泄露出去，我们进行了一场愚蠢的谈话，这对我们的事业没有好处。我相信你会同意的。"

"噢……"

"谢谢，士兵。最近你可能在职务上有小小的提升。"

"噢，好呀！提升！什么时候？"

"过些时候。现在咱们离开这儿。"

就这样，我们又重新编成纵队，继续穿越牧场总部的行军，我们的头和尾巴保持在很高傲的角度。又一次，我们战胜了……

我突然停下来，转身对卓沃尔说："等等。你说你准备好耳朵了，等着听我的问题。我的问题是什么来着？"

"噢……我不记得了，因为你没有问。"

"嗯。说得对。"我皱起眉头，在记忆深处寻找着。突然我想起来了。

"啊，对了。我们在用冻僵的脚走着。我向后扫了一眼，看见你在傻笑。问题就是，卓沃尔，在那么冷、那么痛苦的时候，你为什么要咧着嘴笑呢？"

傻笑又回来了。"噢，是的。你看，你说我必须选择是让脚冷，还是让尾巴冷，但是我作了第三种选择。"

"这不符合逻辑。快点儿说。"

"我选择让脚暖和，我就是这么选择的。现在我感觉暖和了，很高兴。你为我感到骄傲吗？"

我凝视着他眼睛的深处，发现自己很疑惑……算了。想知道卓沃尔的想法，是永远不会有结果的。他有些……奇怪。噢，那么好吧。如果他想相信自己的脚暖和了，如果这能给他无聊的生活带来一丝快乐，我能有什么意见呢？

我们重新开始了穿越牧场总部的行军。我的脚冻成了冰块，但是我没敢说，也没敢抱怨。卓沃尔已经毁了我的选择，用他的……算了。

这个不可思议的小笨蛋。

我们还没有讲到精彩的地方——我护送汽车离开牧场总部的新技术，但这很快就要出现了。稍微耐心一点儿。

第二章

冬天里的
滑雪巡逻

我们说到哪儿了？噢，对了，我们正在用冻僵的脚穿过牧场总部，但是卓沃尔的脚却没有冻僵。他的脚很暖和，是因为卓沃尔选择了相信自己的脚暖和，真是太奇怪了。

当我们到达器械棚的西南角时，我朝房子看了一眼，注意到一个非常有趣的细节。萨莉·梅的汽车停在院门的边上，发动机还在转着。显然这是在热车，很有可能是有人准备出门，或者旅行——也许是进城。

但是萨莉·梅为什么要在如此寒冷、还刮着大风的天气里进城呢？这需要调查清楚，况且我就是干这种工作的狗。

我跟你提过吗？我是这个牧场的治安长官。是真的，对于这个牧场，几乎没有什么事情我不清楚。如果萨莉·梅想在堆满冰的路上开车进城……我们应该说是，积满雪的路上，那么我就需要去检查一下她的汽车，以保证上路时每一件事都完好无误。

我发出信号，我们的纵队转向东面。我们走下盖着冰的……扑通。哎呀，我滑倒了。我们一寸一寸地向下挪着……扑通……我们走在结满冰的该死的山坡上，你没有看见吗，脚下非常……扑通……危险。地球上没有哪条狗能走在盖着冰的斜坡上而不……扑通……

唷。我停止了迈步，向下滑行了最后的十英尺到了坡底。这也不是什么大不了的事。我们讲到过冬天里的滑雪巡逻吗？也许还没有。你看，治安部门有自己的冬季滑雪巡逻，在下雪天，我们进行滑雪巡逻。噢，我是滑雪巡逻的领队。也许你会感到震惊，一条牧场狗居然掌握了滑下冰坡所需要的全部技术，但是让我来提醒你……扑通。

重要的是我到了山坡的底下。在快到山坡下的时候，我爬起来……我把滑雪板放到一边，过渡到一个完美的扑通滑行……应该是一个完美的停止动作。这时卓沃尔也滑下山坡，姿势一点儿也不优美，比站在结冰水池上的一头牛好不到哪儿去。

我一到平地上，便直接走向萨莉·梅的汽车，开始进行彻底的检查……啊？一只猫？

一只傻笑着、嘴里不停发出咕噜声的猫正坐在院门的旁边。你愿意猜猜那是谁吗？这里主要的线索是傻笑，你可能已经猜出来了，是谷仓猫皮特。"傻笑"把他给出卖了，是吗？这是皮特能做好的为数不多的事情之一。他从来不做任何工作，但却很少错过傻笑的机会。

这使我有点儿抓狂。

我停下来，向他发送了一个我们称之为"钉子一样可以打碎玻璃"的眼神。这个眼神的目的是向那只猫发出恐吓，让他嘴上的傻笑消失。但是没有起作用，于是我亮出了牙齿武器，向他秀出了两排锋利的夺命犬牙。

"别对着我傻笑，小猫。我现在没有心情。"

"但是汉基，我没有傻笑。我只是在……微笑。你知道这是为什么吗？"

隆隆声开始在我的喉咙深处回荡。"我不知道为什么，我也不想知道，我没有时间跟你废话。"

他眨了眨眼睛。"我看见你从山坡上下来，汉基，真是……"他放声大笑。"……太有趣了。"

我有时间跟他废话吗？没有，但是别忘了治安部门闪光的座右铭："善待他人，但是猫除外。"很明显皮特是想把我们引入一个"除外"的境地。

我会作出让步？不理他？走开？不，先生。当他开始的时候，应该是胡说八道的时候，也就是我们应该对付胡话小猫的时候。如果你让他一寸，他们会再进一尺。

我大摇大摆地走到他的面前，用我的鼻子戳着他的脸。"皮特，帮你自己个忙，赶紧离开。否则，对将要发生的事情，我不承担任何责任。"

他伸出粉红色的长舌头，开始舔他的左前爪。是右前爪。谁在乎呢？他正在用右前舌头舔着他的爪子，我相信他知道这会使我多么生气。

"但是汉基，我只是坐在这儿，想我自己的事情。"

"哈！想你自己的事情？你指望我会相信吗？你是在窥探我们，皮特。你最好还是全盘招供了吧。"

"噢，我是看见你……"他窃笑着，"……绊了一跤，笨拙地滚下了山坡。"

"你看见了？你证实了我的话。你在窥探。如果你是在想自己的事，你就不会注意到我……无论你说那是什么。"

"绊了一跤，笨拙地滚下了山坡。"

"就是这么说的。但是奉告你一句，小猫，我没有绊了一跤，笨拙地滚下山坡。我是用滑雪术滑下了斜坡。"

"噢，真的吗？"

"完全正确。就算你要当一名侦探，也得把事实搞清楚。"

他不再舔爪子，而是用他那大大的黄眼睛盯着我。"我没有注意到任何滑雪术，汉基。你是用屁股从山坡上滑下来的。"

"我当然是这么做的。如果你对冬季运动有所了解，你就应该知道屁股滑雪术是所有滑雪技术中最难的。能正确掌握这门技术的狗，全世界也不会超过三四条。你可以问卓沃尔。"我转身对我的助手说："卓沃尔，告诉这只可怜无知的小猫，屁股滑雪术是怎么回事。"

卓沃尔的目光从天空中移动下来。"噢，嗨。你是在跟我说话吗？"

"能不能请你专心一点儿？告诉皮特有关屁股滑雪术的事。"

"屁股观察术？噢，如果你想观察自己的屁股，你必须向后看。我猜是这样。"

我恶狠狠地瞪了他一眼。"我为什么要给自己添麻烦，让你介入我的事情？"

"噢，你说……"

"别管了，卓沃尔。不好意思，我问你了。"我回过身对着小猫。"忽略卓沃尔说的任何事情。"我又对着卓沃尔说："这件事将记入我的报告。"

"讨厌，我做错什么事情了吗？"

"当我们对小猫进行审讯的时候，我希望你能保持警惕并集中注意力，可是你却在盯着别处。"

"没有，我是在看云。"

"好吧，你是在看云。问题是当我需要你证实我说的屁股滑雪术的时候，你没有证实。"

"是的，但是我从来没有听说过……屁股滑雪术。"

他的眼睛瞪大了。"噢，你指的是用你的……滑下山坡。"

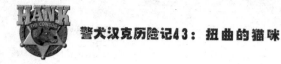
"嘘。"

我用上了我们在治安业务中所使用的计谋之一，用左眼对卓沃尔眨了三下。提醒他我们是在执行秘密任务。哈哈。非常精明，是吧？的确是这样。小猫没有看见，永远也不会怀疑的。哈哈。

卓沃尔终于明白了正在发生的事情。"噢，是的，屁股滑雪术。"

我哈哈地笑着，拍了拍这个矮子的肩膀。"你刚才忘了，对吧？但是你现在想起来了，屁股滑雪术实际上是一种非常难的技术，我们花了几年的时间才掌握了它，对吧？你给皮特解释一下。他对此一点儿也不了解。"

卓沃尔转身面对小猫。小猫正在看着我们，嘴角挂着令人不解的傻笑。卓沃尔说："噢，是的，我们总是用我们的屁股滑行。这是一项非常困难的技术，我们用了时间几年……"卓沃尔看着我。"下面是什么？"

"我们花了几年的时间才掌握它。"

"噢，是的。"他又转头对小猫说，"而且我们花了不少的钱来维护它。"

我一把推开卓沃尔，走回到小猫的面前。"你看见了？这是来自治安部门两名最高执行长官的证词。下次你再看见我们用屁股滑雪术滑下山坡，我希望你多表现出一些敬意。"

皮特的目光从我们一个身上移到另一个身上，他开始来回抽动他的尾巴尖。"我的天哪，汉基，我不知道。我还以为你们是一对笨狗，摇摇晃晃地在冰上走呢。"

卓沃尔和我秘密地交换了一下眼色并笑了。"噢，现在你知道了，小猫。我们并不是每天都能从繁忙的日程中抽出时间来提高你可怜的智商，但是这次，我们很高兴这样做。"

"噢，谢谢你，汉基！非常感谢。"

哈哈。你能相信吗？这个笨蛋居然接受了我们所说的话，而且还全相信了。事实上，根本就没那么回事，完全是在吹牛。哈哈。是真的。屁股滑雪术？纯粹是胡说八道。我从来没有听说过这回事，卓沃尔也没有，但是我们却用团队协作和超强的智商又一次战胜了小猫。

你看，每当我们在皮特身上成功地施展阴谋诡计时，我们就会认为这段时间没有白过。这样做不仅使我们狗觉得不俗，有益于健康，从中得到娱乐，而且还可以防止小猫知道我们在牧场里正在干些什么。

这样做非常重要。这些猫就需要不断地被羞辱，你不知道，否则……噢，他们就会开始产生这里到底由谁来掌管的疯狂想法。皮特比其他猫更容易产生这样的想法，所以不断地羞辱他，让他失去精神上的平衡是我们工作中非常重要的……我们已经说过了。

总之，卓沃尔和我对小猫使了个完美的计谋……阿嚏……不好意思，我并不是说我们已经心满意足了，但是对小猫的胜利是甜蜜的。我们为自己感到非常骄傲。就在我们用眨眼和咧嘴庆祝的时候，突然房子的门打开了，我们的主人……走了出来。

鲁普尔、萨莉·梅、小阿尔弗雷德和宝贝莫莉。他们是一家人，他们拥有牧场，并居住在牧场上，我们治安部门的每一个人都曾庄严地发过誓要保卫他们。

正如你所想象的那样，我的整个身体由于高兴和激动而感到兴奋。我们的主人在寒冷的、令人痛苦的天气里走出房子，只是为了看看并对……噢，对我问声好。你可能会说还包括卓沃尔，但是这只是很小一部分的原因。

我们的主人在空旷的房子里度过了一个漫长而又孤独的夜晚……噢，房子里并不是真的空旷，但那是一个没有狗的房子，没有狗的房子就像是……什么东西。一个孤独的地方，一个寒冷、空旷、有回音的住所。但是现在……他们到外面来看我，寻找只有狗才能给予的深沉的、有意义的陪伴。

噢，多么幸福的一天啊！我跳起来，开始大幅度地摇摆尾巴。不知何故，在这个激动的时刻，我踩到了猫的身上——喵！嘶嘶！——我的尾巴抽在了他的鼻子上，哈哈，但是没关系。我的意思是，当我们的主人出现在现场的时候，我对小猫的兴趣就降为了零。

"哎呀，对不起，皮特。如果你不挡着我的路，你就不会被踩上的。你可以离开了，再见。"

小猫慢慢地爬走了，用冰冷的眼神瞪了我一眼。没关系，只要他愿意，他可以瞪出他眼里所有的冰来，我不在乎。我还有更重要的事情去做，才不会在意微不足道的小猫呢。

我们的主人来了。

第三章

我和皮特
成了好朋
友

他们都包裹着冬天的外套，戴上了帽子和手套，就连宝贝莫莉也穿上了一个带拉链的什么东西，看上去就像一个睡袋。也许是防雪服，上面配了帽子，非常小的粉色防雪服。萨莉·梅戴了一顶裘皮帽子。

当他们走上人行道……实际上，你看不见人行道，因为人行道已经被大雪覆盖了……当他们走上看不见的人行道时，鲁普尔说："亲爱的，让你在结冰的路上进城，我的心里很不是滋味。"

萨莉·梅说："噢，我们会没事的。我会慢慢开的。"

"如果你能等我喂完牛，你就可以开小货车去。"

"我宁愿现在去把事情办完了。明天的天气可能会更糟。我们不会有事的。"

他们向院门走来。我等在一旁，由于激动和乞望，应该说是期望，我兴奋得浑身战栗。因为高兴和期盼，我浑身战栗起来。我的心脏在胸膛里疯狂地、有节奏地跳动着。我的尾巴有力地来回摆动着。我忍不住大摇大摆地到处走动，我的意思是，我们这里说的是尾巴快乐地大幅度摇摆。

我的眼睛里闪耀着狗对主人的热爱。我的耳朵竖起，我的嘴角带着微笑，像是在说："我在这儿呢！"

我等待着。我想要有耐心，但是，嘿，真不容易。

鲁普尔为他的妻子打开院门。她正在走过院门，好机会！我深深地蹲伏下来，然后跳上去，把我对主人所有的爱投入到了她的身上……

"汉克，下来！"

啊？好吧，也许我有点儿太冲动了，在这个过程中投入的爱稍微多了一点儿，因为她……噢，我庞大身躯的重量，使她踉跄着向后退了两步，你可能会说，我跌回到了雪地里。

但你是了解我的。我不会放弃的，我从雪地上爬起来，立刻进入了重新启动程序。我蜷着后腿准备……

"汉克，别这样，走开！"是鲁普尔的声音，听着有点儿……噢，刺耳，甚至还有点儿生气。噢，他向我踢了一脚雪。这是什么意思……

他们都在瞪着我——每个人，除了小阿尔弗雷德，他在笑着。真是个好孩子。但是其余的人……唉。他们的目光能把我的身上烧出洞来。我的耳朵耷拉了下来，我的尾巴垂了下来。

萨莉·梅走上前来把她的脸凑到我的脸旁。"别往我的身上跳。我不喜欢这样。不，不，一点儿也不喜欢！"

好吧，唉，我只是想……我的意思是，他们在房子里待了一个晚上，没有忠诚的狗陪伴，我只是想……噢，老兄。噢，她的脸就在我的鼻子前面，我突然冒出了一个想法，嘿，我至少应该给她的脸一个热吻，是吧？所以……

叭。

"不许这么干！从我的身边滚开！"

好吧，我忘了她不喜欢这样，啊，舔在脸上。我的意思是，我们曾经有过几次这样的经历，但那都是在兴奋的时候，我只不过……

"走开！走开！"

好吧，我可以走开，但是她没有必要对我大喊大叫的。狗也是有自尊的。我立刻把尾巴调整到我们称之为"呼啸前进"的状态，赶紧潜逃了。我逃过汽车的前面，躲在了右前轮旁。在那儿，我向外窥视着，听到了他们接下来的谈话。

萨莉·梅："我希望你能教会那条狗守规矩。"

鲁普尔："亲爱的，他只是想表示友好。"

萨莉·梅："我知道他在想什么，但是他……他太笨了。"

伙计，太伤自尊了。我说的是一支箭穿透了我心脏里面的心脏！她的话深深地刺伤了我，造成了一个巨大的伤口，我不知道我是否能……

"唉，汉基，你又遇到麻烦了，我真替你感到难过。"

你听见了吗？也许没有，因为你不在现场，但是我听见了。这是一个熟悉而令人烦躁的声音，非常像某只猫的声音。我的目光离开了院门，我从汽车底下爬出来，直接对上了皮特的……眼睛。

出于本能，我的嘴唇翘起，呈咆哮状。"你又来了？你说什么？"

"我说，你跟萨莉·梅又有麻烦了，我替你感到难过。"

"哈。一派胡言，皮特。你指望我相信你真的会为我难过？"

他看着我的表情好像……噢，几乎是真诚的。我的意思是，他甚至没有傻笑。"我这次是真的，汉基。我全看见了。你非常努力地想做一条好狗。"

"噢，是的，我，但是……你真的是这个意思，皮特？这不会是你的又一个阴谋诡计吧？"

他把左爪举到空中。"是实话，汉基，以猫的名誉向你保证。"

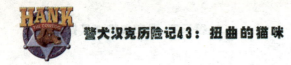

噢，这话太让人震惊了。我的意思是，这只猫和我多年来建立起的恶劣关系，但是我……必须得承认，他看上去是真诚的。而且他还提到了一个至关重要的细节——我想做一条好狗。

噢，在我职业生涯中这个悲惨时刻，我需要一个朋友，即使这个朋友是一只猫。我叹了一口气。"谢谢，皮特。正如你说想的那样，这真的非常令人气馁。"

"我知道。可怜的小狗。"

"就是。我是说，有时候我就奇怪一条狗怎样才能使这些人感到满意。你等着他们出来，你花费几个小时准备一些小小的表达方式，只是为了让他们知道你是多么在意……"

皮特悲痛地摇了摇头。"他们不会对任何事情表示感激。这太悲哀了，汉基。我只希望……我能帮你做些事。"

我盯着他看了很长时间。"你是认真的吗？"

他开始发出咕噜咕噜的声音。"噢，当然了。你知道，我们猫是非常敏感的。当我们看见别人正在经历被拒绝的痛苦时，我们也很伤心。"

"是真的？我不能说我明白……好吧，也许是我的疑心太重了，皮特，但是你必须承认，在过去你给我使过一些阴谋诡计。"

"我知道，汉基，那都是为了一时的高兴，但是现在……噢，什么样的猫还会在这种时候占狗的便宜呢？"

"说得好。只有卑鄙的猫才能干出这种事，我指的是真正卑鄙的猫。我猜你会说你不是那样的人，哈？"

他开始在我的前腿上蹭。"噢，不是，汉基，当然不是。"

"嗯，噢……我必须告诉你，皮特，我感到很吃惊。"

他抬起头，看着我的眼睛。"你叫了我真正的名字，而没有叫我小猫。"

"是的，噢，如果我们能成为朋友，我认为这将是个不坏的……嘿，皮特，我真的很感激你的关心，但是我必须坦诚地告诉你，你蹭得让我心烦。"

你看，他不在我的前腿上蹭了！我的意思是，没有咆哮，没有磨蹭，没有争吵，没有打斗。他就……停下了。然后他说："对不起，汉基，我忘了。"

我必须承认他的话冲淡了我们以前的恩怨。我的意思是，多少年来，皮特用他蹭的伎俩来激怒我，但是他现在不蹭了——没有讲任何条件。难道还有更好的证据能证明他确实进行了彻底的改变，已经放弃那些肮脏的阴谋诡计了吗？

这一切都令人难以置信，但是事实已经开始动摇了我否定这一切的能力。我的不幸经历打动了皮特的心，他已经变成了我们以前从来没有见过的样子：一只诚实、友好的猫。

你被这温馨的场面感动了吗？反正我是被感动了。天太冷了，不适合用眼泪来表达情感，你知道，在寒冷的天气里眼泪是会结冰的，但是谁会需要眼泪呢？而我被皮特的决定感动了，他下决心要成为一只好猫，在需要的时候，将是一个诚实、真诚的伴侣……是啊，我的内心深处被感动了。

就在这时，当我在寻找适当的词汇来表达我的思想和情感时，我听见雪地里嘎吱嘎吱的脚步声。萨莉·梅让孩子们坐进了车的后座，关上了车门，给了鲁普尔一个告别之吻，绕到了车的前面。当我听见她向我走来时，我，啊，发现自己正在车下面往后退，以免……

我的意思是，还是要面对现实。几分钟前，我是在她高热原子核反应般震怒的时候露的面，我有充分的理由相信她还怒气未消。你知道，当她怒气

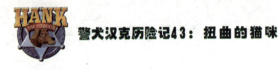

未消的时候，脾气很糟。我还有更好的事情要做，不想接受她那能烧焦人的眼神。

所以我在汽车的底下移动着，等着她走到驾驶员的一边。嘎吱，嘎吱。我看见她黑色的雪地靴走过，突然我意识到皮特也在车底下，我的旁边。

"你看上去很惊讶，汉基。"

"我是很震惊，皮特。是大吃一惊。你可以跟着萨莉·梅到驾驶员的座位一边，得到你通常可以得到的对一只好小猫的爱抚。"

"我知道，汉基，但是……"他把目光转向天空……实际上，是转向车底。总之，他转过目光，叹了一口气。"在这个悲痛的时刻，我不忍心丢下你一个人。我认为你需要有人……来分担你的不幸。"

伙计，你还能说什么呢？我找不出一个词来表达自己的心情。这只猫的态度真的在进行了彻底改变，还是别的什么？

车门砰的一声关上了，皮特说："我们最好把你从下面弄出去，汉基，否则你会被压扁的。快！"

"嘿，好主意。"

就在萨莉·梅挂上倒挡，开始把车倒向车道上的时候，我们从车底下爬了出去。我们看了她一会儿，然后我把目光转向了……噢，我的朋友，也许今后也可以用这个词。我过去并不经常用这个词来形容皮特。

"谢谢，伙计。我有点儿心烦意乱了，忘记了思考。你帮了我很大的忙。"

"我很高兴这样做，汉基。我只是希望……"他深深地叹了一口气。"我只是希望我能想出一个办法，来帮助你治愈萨莉·梅所造成的伤痛。"

"我知道，我也想。但有些伤痛是无法治愈的。"

"如果我们……如果我们能想出一些英勇的举动。"

"没错，但是太晚了，皮特。她就要离开牧场了。"

我们看见萨莉·梅加大油门，轮胎飞转着，汽车开始爬上房子前面的小山坡。

突然皮特的眼睛睁开了。"等等！我想到一个主意。你可以跑在她汽车的前面。"

"啊？为什么呢？"

"噢，你可以去护送她。你还不明白这样可以表现出你的关心和忠诚吗？"

"是的，但我还是不明白……"

"你可以跑得很慢……防止她在有冰的路面上打滑。别忘了，鲁普尔对此非常关心。"

我把所有的这些信息在数据处理器里分析了一遍。"你知道的，皮特，我认为你说得有点儿道理。这会很英勇，是不是？"

"噢，是的。"

"她会感激的，对吧？"

"噢，是的，嗯，没错。"

我把一只爪子放在他的肩膀上，看着他眼睛的深处，他的眼神看上去非常真诚。"好主意，伙计。我认为这个计划会奏效的。万分感谢。"

我转身迎着风，立即启动了"全力发射程序"。当我呼啸离去的时候，我听见皮特最后鼓励我的话："别忘啦，待在车的前面……慢慢走！"

"知道了，皮特！多谢了！"

就这样，我投入到了特殊的护送任务之中。

第四章

特殊的护送
任务

现在你知道什么是特殊的护送任务了吧。非常感人，是吧？的确是这样。我的意思是，能有多少狗会下这样大的气力为他们的先生和仆人提供如此有价值的服务呢？

应该是男主人和夫人。

不对，应该是男主人和女主人。有多少狗会……做诸如此类的事情？我可以告诉你，没有多少。非常少，只有一条。那就是我。

而更令人激动的是，整个主意都是我自己想出来的。是真的。前一分钟，我坐在雪里，试着想出一些英勇的举动，能帮我从房子的女主人身上获得好感，下一分钟……没错！那就是为萨莉·梅和她的孩子提供特殊的护送服务，使她们在危险的结冰的路上安全地离开总部。

这个想法太妙了。

也许你会认为这是皮特的主意。哈哈。绝对不是。普通的猫只有很小的大脑，没有能力想出如此庞大、高尚的理念。他们非常善于执行一些简单的任务，如发生咕噜声、到处蹭、舔他们的爪子和偷剩饭，但是如果给他们一些需要大量智商的工作，他们就无法操作了。

所以，这个新的理念完全是我自己……好吧，也许皮特对这件事也嘟囔了几句，但是我们可以把这归功于他该死的运气。换句话说，那也是歪打正着。多年的无所事事和放纵的生活使小猫只能想出些微不足道的小主意，但是别忘了，是谁采纳了这个主意，并把它付诸于大胆的行动。

是我。

我们可以把想出非常好的微不足道的小主意的荣誉归功于皮特，但是得把付之于行动的荣誉归功于我。换句话说，皮特跟特殊护送任务没有任何关系。我相信你会同意这个观点的。

总之，我离开了皮特，绕过了院子的北边。这时，我的计划已成形，分为两个阶段。第一阶段，我需要提高到令人难以置信的速度，在涡轮发动机的三挡和四挡之间。（在大雪的情况下，没有狗能达到涡轮发动机五挡的速度。）这可以使我直接进入第二阶段：在萨莉·梅经过房子前面时，拦截她的汽车。然后在第三阶段，我要占据护送的位置，领着她驶向乡村公路。

我说过这是分两个阶段的计划了吗？更正一下，这是一个分三个阶段的计划。

好了，第一阶段没有发生任何故障。我呼啸着绕过房子的北边，在我喷气式发动机的冲击之下，树弯曲了，雪融化了，我可以自豪地告诉你，我的速度控制堪称完美。我到达了房子的前面，及时跃到了路的中间，排列成护送队形。

第一阶段和第二阶段顺利地完成了。我现在准备进入关键的第三阶段，计划中的核心……

滴！

……把萨莉·梅和她的孩子正式地护送过结了冰的危险路段。我开始在路的中间小跑。就像你所看见的一样，第一阶段和第二阶段的成功将意味着……

滴！滴！

……将什么也不是，如果……你听见汽车喇叭声了吗？也许没有。我说到哪儿了？噢，对了。如果我在第三阶段困难的行动中失败了，此前的成功将变得没有意义。

滴！滴！

第三阶段的行动非常困难。你想想，首先，我必须小跑到路的中间，那可是……

滴滴滴滴滴！

……光滑危险的路面上覆盖着光滑危险的冰。其次，当小跑在光滑危险的路上时，我还得进行非常复杂的计算，计算出他们的安全速度比。

"从路上滚开！"

要想计算出安全速度比，我们要首先测出汽车的速度，再乘上冰的光滑因数，除以汽车的轮胎数（四），再乘上月球的引力。

非常神奇，哈？的确是这样。我的意思是，很多人认为我们狗只会把事情搞砸……

"白痴！走开！"

……从来不认真考虑我们做的事情，但是事实绝不是那样的。我们经常发现自己能解一些有大量数字的方程式，解决复杂的数学难题……

啊？

她在加速……是萨莉·梅在加速。她提高速度缩短了我们之间的距离。不仅如此，看上去她甚至想……噢，从我的左边超过去。

这就奇怪了。你看，整个行动计划就是为了防止她在光滑的路上开得太快。这是怎么回事？她为什么想从左边超过去？

滴滴滴滴！

她为什么要按喇叭呢？好吧，也许她还不理解护送理念的基本原理，但是别忘了这个理念是非常复杂的。就是我也很难一下子计算出来。

但是，我不能让她提速超过我。那样会把所有的计划都破坏的，所以我没有别的选择，只能改变路线，把护送的位置向左移了几英尺，使自己再一次挡在她的……

"从路上滚开！"

……汽车前面。也许你认为这很简单，其实一点儿也不简单，非常困难。你看，为了作出必要的调整，我不仅要移动到左边，保持安全速度比，而且与此同时，我还不得不向后瞥上一眼。这是一道难题，是我的整个职业生涯中最困难的任务之一。

正如你所想象的那样，这会引起我脖子上的肌肉严重痉挛。脖子疼吗？的确很疼，非常疼。但是我并没有放弃，我把自己移动到了她的……

"好吧，伙计！"

啊？

我的天哪，她突然踩着油门，把方向打到了右边，呼啸着冲了过来。哎呀，如果我没有猜错，她现在是想从路的右边超过去！

萨莉·梅，等等！不！这样不安全！如果你不小心点儿，你就会……

嘎吱，砰。啊噢。

你看？我提醒过她了。我已经尽了我最大的努力，想一路安全地护送她到邮筒，上乡村公路，但是她却……

我怎么说，而又不表现出一味地批判呢？也许是她从来就不理解特殊护送任务的基本目的。也许是她失去了耐心。也许我们永远也不会知道她到底着了什么魔,把方向打到了路的右边,两条后轮胎溅了我一身的雪。

我们不知道她为什么要这样做,这样做导致了悲惨的结局。车停下了,你没有看见吗?车一头扎进了公路沟的一个雪堆里。她加大了油门,车轮飞转着,她想从深雪里冲过去,但是车却停住了。

她陷在了沟里。

唉。

噢,我已经尽力了。我曾经提醒过她,在光滑的路面上开得太快很危险。我曾把自己的身体当作一盏灯,领着她走在路的中间,然而……

应该是一座灯塔。我曾把自己的身体当作一座灯塔。

死一样的寂静降临在牧场上。车里没有一点儿声音。唉,也许他们受伤了……噢,你是了解我的。当我的主人有危险的时候,我必须冲上去。他们需要一条忠诚的狗去营救他们,把他们从被大雪困住的车里拖出来!

我投身到大雪里,冲到了事故的现场。我变得越来越焦急了。也许他们受伤了。也许我不得不给他们做人工呼吸,先用我的牙齿撕开车门,把他们从车里拖……

车门打开了,走出来……啊!我猜从车里出来的女人应该是萨莉·梅,但是我却不敢肯定。我的意思是,这个女人愤怒地从车里出来,她……她看上去不太像我认识多年的萨莉·梅。

她的脸色通红,是那种生气的暗红,她的眼睛好像在向外……噢,你可以说是,喷着火。她的鼻孔张大,好像……

你知道,我有一种感觉她在为什么事生气,我们说的是非常生气……火

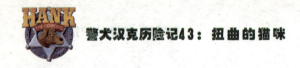

山爆发一样的生气……很危险的生气。是什么使她如此……

噢，我很快就明白了。她是因为把车陷进了雪里，在生她自己的气。这倒符合逻辑。我的意思是，我也许是世界上最不愿意对房子的女主人说批评意见的狗。但是咱们坦率点儿说吧，如果她跟随她的特殊护送队伍走在路的中间，她现在应该已经上了进城的公路了。但是她却……噢，让我们说是，不小心，把车子陷在了沟里。

是的，这个可怜的女人在责怪她自己。她在生气和后悔，心里充满了负罪感，恨自己没有遵循我的引导。

可怜的萨莉·梅！我突然开始同情她了。在她惩罚自己、责怪自己、经受着自我批评的巨大痛苦的时候，我能站在那儿看着吗？不能，先生。大多数的狗会走开，把她一个人丢在那儿，但我从来就不是那样的狗。这是危难的时刻，你知道，一个女人真的需要一条忠诚的狗来分担她的痛苦和负罪感。

我立刻把所有的线路切换到我们称之为"我可以随时帮你"的小程序上，我向雪堆，向她走去……

啊？

她冲着我张牙舞爪，就像一个……噢，就像一个长了獠牙和爪子的女怪物。她的眼睛……我倒吸一口凉气……她的眼睛真的很奇怪，我的意思是，就像闪电和火山爆发一样。

我站住了，仔细地看着她的脸。我脖子后面的毛竖了起来，我的尾巴僵住了。她的上嘴唇翘着，露出了……啊，长长的、锋利的獠牙。

然后她的声音打破了可怕的寂静。她说："你这个白痴！看看你干的好事！一旦让我抓住你……"

啊？

别管下面发生的事情了。把它跳过去吧。

第五章

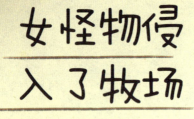

女怪物侵
入了牧场

　　别指望我告诉你接下来的故事，这对小孩子来说太可怕了。你知道我跟孩子们的关系，我并不介意时不时地吓唬他们一下，但是我绝不会让他们知道我工作中真正危险和恐怖的部分。

　　是真的。孩子们可能会认为他们能经受得住恐怖的情节，那是因为他们不了解。

　　我们说的是什么样的恐怖情节呢？噢，这儿有一个例子。比如说，一条狗去外面巡逻，遇到了一起日常的交通事故——一位女士的汽车在光滑的路面上滑向了路边，陷在了沟里。

　　这不是什么大不了的事，对吧？那条狗响应号召，帮助女士于危难之中，这是狗在危机时刻应该做的很正常的事情，但问题是他在车里没有找到那个正常的女士。从车里飞出来的是一个巨大的女怪物，她长着喷火的眼睛、可怕的爪子……和锋利的獠牙。

　　你知道她在干什么吗？她把可怕的爪子举过头顶，她那吸血鬼般的牙齿上还滴着她上一个猎物的血，她踏着雪向狗追来了！

　　你知道我的意思了吗？这样恐怖的情节我不能讲给孩子们听。如果他们知道了我工作的真实情况，以及我每天见到的可怕的事，他们会做噩梦的。这就是为什么我们不能冒险……

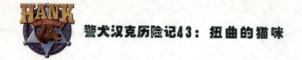

等等，先停一下。除非我严重地判断失误，我只是……好了，差点儿说漏了嘴。我可不想把有关女怪物的故事讲出来，但是不知何故……

所以你现在应该知道了，我不想告诉你的是什么样的可怕事实。也许你会认为是我编出来的，这事从来就没有发生过。哈。我倒希望是这样。不幸的是，这是真的，每一个字都是真的。

女怪物在我不知道的情况下，是怎样偷了萨莉·梅的汽车呢？她是从哪里来的？关于这一点，在我们的调查中找不到任何答案。我们只知道，在早晨9：03至9：12之间，萨莉·梅的汽车被一个疯狂的女怪物偷了，她把车开到了雪堆上，然后追着牧场治安长官跑过了两英亩的草场。

这是我职业生涯中最恐怖的事件。因为如果她抓住了我，不知道将会发生什么，但是我们有理由相信，如果她曾经抓住过狗，她肯定会把狗吃了。

你会高兴地知道，我设法逃走了。怎么逃走的？噢，她踩到了一个坑里，摔倒在雪上，这给了我足够的时间快速逃离那里。我开足了涡轮发动机的马力向器械棚奔去，没有敢降低速度和放松，直到我藏在了最黑暗、最里面的角落里。

我爬到萨莉·梅淘汰的一把椅子的底下，等着，听着。我能听见远处隆隆的愤怒的声音，然后……是一阵能听见心跳的寂静。

唷！天啊，真是太悬了。我从椅子的下面爬出来，爬到了高大的推拉门前，推拉门正好开着一个狗能挤过去的缝。我向门外窥视着，检查了所有的方向。我听到有脚步声走来。我正准备要退到暗处，藏起来，这时我看见了皮特……

唷！就皮特一个人，没有女怪物。我用哆嗦着的腿走出来，颤抖着深深地吸一口新鲜空气。皮特向我走来，一路在器械棚的墙上蹭着。

"我的天哪，汉基，发生了什么事？"

"皮特，你简直无法相信。"我告诉了他事情的全过程，包括每一个令人心寒的细节。他听着，眼睛瞪大了，过了一会儿，更惊讶了。

"噢，天哪。女怪物！"他喘息着，把一只爪子捂在心口上。"我感到惊奇，你居然还活着，汉基。"

"是的，噢，一个身体条件处于巅峰状态的伟大运动员是永远不会受伤的。但她是从哪儿来的，皮特？她是怎么偷到萨莉·梅的汽车的？"

皮特转动着眼珠儿，把他的尾巴卷曲在臀部。"噢，汉基，我看见了整个过程。"

"你看见了？"

"嗯。我们猫非常善于观察，你是知道的。"

"好了，咱们说一下执行任务的情况，要简短。我需要事实和细节。"

"噢，让我想想。当你跑过房子北边的时候，萨莉·梅正开车爬上房子前面的山坡。"

"是的，是吗？在房子前面发生了什么？快点儿，皮特，我开始有点儿明白了。"

"噢，就在萨莉·梅开过房子前面的时候，这个……这个像野兽一样的高大女人突然从树上跳下来……"

"停，停一下。"我开始了踱步，当我的大脑在追寻线索时，我经常这样做。"你刚才说'高大'，皮特。有多高大？"

"噢……有七英尺高，也许有八英尺高。"

"这一点已经查清楚了。好吧，你说她是一个'像野兽一样的女人'。是否有这样的可能，你看见的幻影实际上就是……女怪物？"

皮特喘息着。"你知道，汉基，我从来没这么想过，但是……是的。也许那就是她。"他掉过头去，喷着鼻息。"女怪物。"

我停止了踱步，看着小猫。"你刚才在笑什么？"

"我？在笑？噢，没有，汉基。我相信你也会同意这里没有……什么值得……笑的事情。"

"确实没有。在这个牧场突然出现了怪物是件很严重的事。"我又继续踱步。"所有的线索都对上了，皮特，你还不明白吗？女怪物藏在树上，当萨莉·梅开车经过树下时，女怪物突然从树上跳下来，劫持了汽车。事情就是这样发生的。皮特，我已经把这个案子揭示得很清楚了。"

"噢，我的天哪。汉基，我太惊讶了。"

"有那么一两分钟，我也感到很困惑，但是当你提供了她从树上跳下来的细节……噢，一切都非常清楚了。"我大摇大摆地走到他的身边，拍了拍他的后背。"谢谢了，皮特。当我们像一个团队一样协作的时候，你知道发生了什么吗？"

这时，小猫的身上发生了一些奇怪的事情，他喷出了一声很响的鼻息，从我的身边跑开了。一开始，我认为他是在……噢，笑，但是这也不符合逻辑呀。当我们的调查团队揭示了牧场里危险的女怪物的时候，他为什么会笑呢？

他不应该呀。我的意思是，皮特没有什么天赋，但是他也不至于愚蠢到嘲笑我们的结论。突然，我的心里充满了关切，也许这个小家伙要窒息了，或者会发生别的什么。要是倒退到过去的日子里，我们还像狗和猫一样天天掐架，就算是他噎死了，我也不会在乎。实际上，我会把掐死他当作我自己的一个特权，但是现在他帮助我解决了这个困难的案子……噢，情况跟过去已经完全不同了。

我追过去。"嘿，皮特，怎么了？你没有噎住，是吧？"

他又喷了一个鼻息。"没有噎住，汉基。哈哈！只是有点儿咳嗽。"

"噢，那就好。有那么一会儿我……但是我从来没有听见过有人会发出'哈哈'的咳嗽声。"

"是冷空气，压迫了……哈哈……喉咙。"

"噢，好吧，这还说得过去。也许你最好躺下。那可是很危险的咳嗽。"

"谢谢，汉基。哈哈！我认为我会的。哈哈哈！"

皮特摇摇晃晃地走了，一路咳嗽着，喷着鼻息。"睡上一会儿，多喝些液晶，噢，不对，多喝些液体。噢，注意着点儿女怪物，她可能还在牧场里。别让她咬到你的脖子。"

当皮特下了山坡向院子走去时，他开始了又一轮的咳嗽和喷鼻息。这个可怜的小家伙！我只希望能做些什么，让他不用受罪，但是……噢，我又不是医生。

非常难过，哈？的确。

就在这时，我正在为皮特的病情难过和担心时，卓沃尔走到我的身边，坐了下来。"天啊，他怎么了？"

"他病得很重，卓沃尔。我认为他可能是得了犬瘟热。"

"你是说，他发疯了？"

"发疯了？你为什么会这样说？"

"噢，你刚才说他发热，我还以为你使他发疯了。"

我深深地叹了一口气。"卓沃尔，请注意听。我说的是犬瘟热，犬瘟热对猫来说就相当于肺炎。"

"噢。那他们为什么不叫它肺炎呢?"

"我也不知道。也许英文中的犬瘟热比肺炎①更好拼写。你注意到了吗?英文中肺炎这个单词的首字母是P。"

"噢,你是说他们会尿床②?"

"什么?"

"你说,当小猫得了肺炎时,他们会尿床。"

我盯着他空洞洞的眼睛。"我没有这么说。我是说,肺炎这个词开头的几个字母跟撒尿很像。"

"我真该死。所以那是完全不同的两个词。"

"也不完全是,它们的样子很像。"

"是的,很容易搞混。"

"完全正确。是很容易搞混,这就是我们用犬瘟热,而不用肺炎的原因。但问题的关键是,皮特病得很重。"

"我真该死。我还以为他快要把脑袋笑掉了。"

"他不是要把脑袋笑掉了,卓沃尔。他是咳嗽得没办法。"

"那他为什么会发出'哈哈'的声音?"

我转动着眼珠儿。"因为,卓沃尔,犬瘟热经常产生与众不同的症状,被称为'哈哈咳'。我们有干咳,有喉炎咳,还有哈哈咳。哈哈咳是最严重的一种。"

"我真该死。我从来不知道咳嗽还这么复杂。"

---

① 犬瘟热和肺炎分别对应的英文单词为 distemper 和 pneumonia。

② 英文中尿床（pee）的发音和字母P的发音相同。

"每件事都是复杂的，卓沃尔。如果你能花更多的时间思考问题，更少的时间游手好闲，你就会知道生活是多么复杂。"

"我真该死。"他开始挠他的耳朵。"我以为也许他是在笑呢，因为你跟萨莉·梅又有麻烦了。"

我严厉地瞪了他一眼。"你终于明白了吧？这正是我们谈论的话题。你又没有集中精力，错过了本年度最激动人心的案子，女怪物入侵案。"

他停下了挠耳朵的爪子，盯着我。"女怪物！你是说……牧场里有一个怪物？"

"完全正确。她在光天化日之下袭击了我，想用她滴着血的獠牙咬我。"

卓沃尔的眼睛瞪得像个盘子，他开始往后退。"噢，我的天哪，我看我得藏到我的床底下去。"

我发现我自己……啊……向身后看了看。"这个主意不错，伙计。实际上，我甚至会跟你一起去。让我们离开这儿。"

就这样，我们直接去了油罐下面治安部宽大的综合办公室，乘电梯到了十二楼，冲进了我们带卧室的办公室，钻进了各自的麻袋床下。

只有这时，我们才能感觉到我们是安全的。

第六章

我们是背信弃义的牺牲品

非常恐怖的故事，哈？的确是这样。但是别忘了我是提醒过你的。

我们说到哪儿了？噢，对了，我和卓沃尔匆忙地回到了油罐下面我们带卧室的办公室。现在我们有充分的理由相信，女怪物就在我们的牧场里，没有谁是安全的。

一进入办公室，我们就采取了唯一明智的，也是我们唯一能做的举动——我们钻进麻袋床底下，进入了碉堡。我们在装甲的碉堡里是安全的，我们在里面等着，听着。什么事也没有。也没有声音。

不，等等！有一个……噼啪的响声。开始的时候我无法断定声音的来源，但是当我们把它输入声音分析仪……噢，我还是无法断定它的来源。在寂静的碉堡里，我打开了大脑里的麦克风，向其余的队伍发出了紧急密语信息。

"燕麦粥，这里是牛腰肉。你能听见我说话吗？完毕。"

沉默。然后……卓沃尔的声音从噼啪响的无线电中传来。"你是在跟我说话吗？"

"我当然是在跟你说话了。这里用的是治安部的特殊频率。还有谁能听见？"

"噢……我不知道。"

"你听见我的话了吗？"

"我没有听见。这里面太黑了。"

"卓沃尔，你听见我的话了吗？"

"我到底是卓沃尔，还是燕麦粥？"

"你是燕麦粥……除非你想让女怪物知道你的真实名字、军衔和编号。"

"噢。我现在知道了。燕麦粥属于谷类。"

"收到。"

"但我为什么是燕麦粥，而你却是牛腰肉呢？这不公平。"

我发出了一声叹息。"燕麦粥，先忘了吃，注意力集中点儿。我们的位于一号碉堡的声音扫描仪探测到一个奇怪的噼啪声。"

"是的，我也听到了。奇怪。完毕。"

"气味？你闻到了什么气味？快点儿，给我描述一下。"

"噢……我能闻到麻袋的气味，完毕。"

我把鼻子抬到十度角，在空气中嗅了嗅。"嗯。我在这儿也闻到了。我想知道它是否会……等等！先停一下。燕麦糠，我们闻到的是我们自己麻袋的气味，所以忽略所有麻袋的气味，完毕。"

"好吧，我觉得有点儿累。"

"什么？你发现了一颗地雷？为什么不早点儿通知我！"

"没有，我说，我觉得有点儿累。"

"收到，糠片。线索开始有进展了：奇怪的噼啪声，陌生的气味，现在你又追踪到你碉堡里的地雷。现在我们还不知道地雷为什么会有难闻的气味，或者是谁把它埋在办公室里的，但重要的是不要碰它！那些地雷是非常危险的。实际上……荞麦粉，这里是T型骨。撤出碉堡！重复一遍：撤出所有的碉堡！"

我触响了紧急警报，飞上六级楼梯，暴露在白天的阳光下。唷！好悬啊。过了一会儿，卓沃尔才从他的碉堡里爬出来。

我把他上下打量了一遍，他显然没有负伤。"你感觉怎样，士兵？"

"噢……我被搞糊涂了，我不明白……"

"没关系，我们没有时间讨论这个。我们在治安方面有个严重的漏洞。我们直接进入一级警报。准备好了吗？行动！"

我们讨论过我们的警报规程了吗？也许还没有，这是有原因的。里面大部分的东西都是机密，而且级别很高，我们不能跟普通的老百姓随便讨论，但是也许透露一些细节也无妨——如果你能保证不泄露出去。能保证吗？

好吧，一级警报是我们最高的战备级别。在这个阶段，两条狗要背靠背地站着，监视相反的方向。一条狗要监视北和西两个区域，另一条狗要扫描南和东两个方向。这样两条狗就能看见四个方向的敌人活动。

听上去很复杂，是吧？噢，确实很复杂，但是你还能指望我们怎么做呢？我们毕竟是治安部门的精锐部队，保卫这个牧场可不是闹着玩的，有时候确实非常复杂。

我们进入了一级警报编队，开始扫描……噢，每一件东西。几秒钟过去了，没有敌人间谍和部队活动的报告。但是然后……

"卓沃尔，我不是想吓唬你，但是我又一次听到了噼啪声。你听见那边的声音了吗？"

"让我听听。噢，是的，现在我听见了。"

"好，我们来研究一下这个声音，设法确定它的来源。它能引导我们直接抓住这个人，或者是那个埋下所有地雷的人。"

"噢，我认为……就是我。"

"什么？你在自己的碉堡里埋下了地雷？"

"不，我指的是噼啪声。我太冷了，我的牙齿在颤抖。"

"你的牙齿在……那么地雷是怎么回事？你真的看见了一颗地雷，是吗？"

"没有，不是我。那里面太黑了，我什么也看不见。"

"那么你是说……"

我吐出了肺里的浊气，我的上半身松弛了下来。我走开了几步，仰头看着天空。几片雪花开始从沉闷的阴云中落了下来。这是线索吗？不是。

我走回到我的……管他是什么。"卓沃尔，我必须和某人坦诚相见了，我很不愿意跟一个傻子分享我最深奥的思想，但是，噢，你是这儿唯一的人。"

"啊，谢谢。"

"没有关系。卓沃尔，有时候我觉得我快要被管理这个牧场的沉重责任压垮了。我的意思是，神秘的事件，没完没了的调查，无穷的细节，有时候我觉得这一切压得我喘不过气来……"我停下向身后扫了一眼，以防万一我们被人监视了。"卓沃尔，有时候我有种感觉，我们参与的一些事情……真的很愚蠢。"

卓沃尔喘息着。"啊，是真的吗？"

"是的。我知道会使你吃惊的，但是我们必须面对事实。我们在碉堡里的谈话……卓沃尔，全都是垃圾。根本就没有敌人的间谍，也没有地雷。"

"噢，我也对此有怀疑。"

"是的。你还知道些什么？"我开始了踱步。"我甚至不记得我们为什么要躲在碉堡里。显然，我们是为了躲避什么事情……但那是什么呢？"

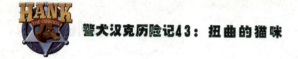

"噢，让我想想。我也不记得了。"

"那么，你明白我的意思了？现在压力到了我们两个人的身上，卓沃尔。我们干的全是些奇怪的事情，我们甚至不知道是为什么。也许我们需要休假了，休息几天。也许……"

卓沃尔坐直了身子。"等等，我现在想起来了！是女怪物。"

我停止了踱步，愣住了。"你说得对。天哪，卓沃尔，进碉堡！她这时候可能正在监视我们！"

我们钻进我们的碉堡，紧紧地趴在地上，在能听见心跳的寂静中等待着某件事情的发生。什么也没有发生。几秒钟过去了。然后……一个奇特的想法开始爬进我大脑的蚁穴里。

"卓沃尔，你能听见我说话吗？"

"我认为我是燕麦粥。"

"你是荞麦粉，但是让我们把这些都跳过去。我必须问你一个非常重要的问题。你真的看见女怪物了吗？"

"没有，不是我。但是皮特看见了。"

"是的，或者他是这样说的。你还知道什么？是皮特建议我护送萨莉·梅的汽车到公路去。他特意强调我要走慢些。还记得吗？"

"噢……"

"皮特快要把他的小脑袋笑掉了。还记得吗？"

"记得，但是你说他是在咳嗽。"

"我没有这样说过。你看出这里的问题了吗？"

"还没有。我太冷了。"

"这里面有问题，卓沃尔，一个非常令人烦恼的问题。现在仔细听着。

五秒钟后，我们离开各自的碉堡，到会议室碰头。在那儿，我们将举行一个由治安部门最高级别官员参加的、高级别的秘密会议。准备好了吗？行动！"

准确的五秒钟之后，卓沃尔和我聚集在会议室里。在会议开始之前，我对会议室进行了彻底的扫描，以确保我们没有被外部势力窃听和渗透。然后我坐在了前面，开始了我的秘密报告。

"好了，伙计们，我就开门见山了。我们所听到的女怪物的行动完全是一个闹剧。"

坐在前排的卓沃尔叹了一口气。"噢，我的天哪，你是说……"

"是的，完全正确。我们研究了这个案子所有的文件和记录，现在弄清楚了，根本就没有女怪物。"

"噢，你是说……"

"是的，卓沃尔。我们被愚弄了。那不是女怪物，是萨莉·梅。她只不过是气疯了，看上去像个怪物。"

卓沃尔眨了眨眼睛，咧嘴笑了。"你知道，我要这么说来着，但是……"

"但是你没有说。你保持了沉默，使整个治安部门陷入了不光彩的丑闻，全是因为你。皮特让我们看上去像一群猴子。"

"是的，但是我什么也没干。"

"这就是问题的关键，卓沃尔。你什么也没干。你站在后面，让你的上级军官出尽洋相。这让你有什么感觉？"

"噢，至少那不是我。"

"什么？大声点儿。"

"我说……我希望我能忍受这种负罪感。"

我走到他的面前，把一只爪子放在他的肩膀上。"我很高兴，这伤到了你，伙计。这是应该的。你这次真的让我们很失望。"

他抽着鼻子。"我不知道我干了什么，但是我会试着不再干了。"

"要的就是这种精神。"我把头抬到了一个很自豪的角度，深深地吸了一口气。"现在一切都过去了，卓沃尔。过去的事就让它过去吧。但这就是压垮骆驼的那最后一根稻草。"

他没有表情地盯着我。"什么意思？"

"意思就是……战争！皮特给我们造成了严重的伤害，但就像是神话般的图森①，我们终将从废墟上重新崛起。"

"凤凰城。"

"什么？"

"我认为应该是神话般的凤凰城。图森在亚利桑那州。"

"那就是凤凰城。"

"噢……那么弗拉格斯塔夫呢？"

"说的就是这个。像神话般的弗拉格斯塔夫，我们要从废墟中重新崛起，向谷仓猫皮特复仇。"

就这样，会议室里爆发出鼓掌和欢呼声。这是我整个职业生涯中最具煽动性的一次讲话。我们治安部已经脱离了悬崖的边缘，我们现在已经和骗子小猫先生进入了战争状态。

---

① 图森、凤凰城和弗拉格斯塔夫均为美国亚丽桑那州的城市。其中凤凰城于1897年左右在印第安人遗址上始建，相对于美国其他城市晚了100多年，但人口和经济增长迅速。汉克所说的应该是这个城市。

第七章

地热程序

你能理解上面全部的内容吗？也许不能，因为事情发生展地太快，而且涉及牧场治安部门最高级别的内部信息，所以我来把最要重的部分概括为三部分。

应该是三点。要重的三点。

不对，是重要的三点。

第一点：我们精锐部队的某些成员与我们的头号敌人谷仓猫皮特错误地建立了朋友关系，我认为现在很明显有责任的应该是……你可能会说是我。好吧，让我们先把这一点搞清楚，我确实犯了个愚蠢的错误。在意志薄弱的时候，我相信了小猫。

第二点：承认这一点确实很伤害我的自尊。我怎么能犯如此低级的错误呢？我应该知道的。噢，还是算了。

第三点：这个小骗子赢得了我的信任后，就设计让我跟萨莉·梅的关系陷入了很大的麻烦之中。他是怎么想出这个主意的？一个非常愚蠢的主意，让我以极慢的速度跑在萨莉·梅的汽车前面。

第二点：这显然是一个陷阱，一个阴谋诡计，都是事先设计好的，但是……

第一点：总之，我失败了。我想成为一条好狗，我尽了我最大的努力，想重新赢得萨莉·梅的爱和情感，我却以极慢的速度把她……引下了公路。

第二点：这就是她要对我按喇叭和大喊大叫的原因。还记得吗？在事情发生的时候，她这样做显得不符合逻辑，但是现在……噢，看上去非常符合逻辑，对吗？伙计，太伤自尊了。

第三点：剩下的部分已经成为了历史。她失去了耐心，想从我的右边超过去，结果把自己陷进了沟里。从车里冒出来的生气的、在大雪里追我的女人是萨莉·梅，不是某个……

第二点：……假冒的女怪物。牧场里从来就没有什么所谓的女怪物。这纯粹是胡说八道，另一个诡计，秘密的阴谋，小猫认为我会愚蠢地上当。

第三点：好吧，我上当了。那就是这个卑鄙的小人喷鼻息和窒息的原因。你认为他是在咳嗽，对吧？哈。他是在嘲笑我的不幸！他挖好了坑，我就……呸。

以上就是我对这个悲剧事件的三点概括。把所有的事情归纳为三点很不容易，但是无论如何，我还是做到了。现在你知道糟糕的真相了。

令人非常尴尬。我的意思是，若是一个人为他的能力感到骄傲，认为自己比他的敌人特工和间谍更聪明，到头来他却不得不承认被一个笨蛋给骗了，这是一个很沉重的打击。

等等，先停一下。承认被笨蛋骗了。这里面有什么能揭示这个案子的线索吗？"承认"、"笨蛋"、"骗"的拼音都以"n"结尾。这是揭示案子的一些线索吗……

我看不是，还是跳过这段吧。

我们说到哪儿了？噢，对了，我去执行我绝对不情愿的任务，我不得不承认我被萨莉·梅喜欢的、诡计多端的、微不足道的小猫当猴耍了。但是我必须添上一句，这个痛苦的经历把我变成了一条更聪明的狗，更睿智的狗，一条浴火重生的狗；像神话中的图森一样，一条被烧焦了、枯萎了又从废墟中站起来的狗，又一次地在旗杆上竖起了治安部高贵的旗帜。

关键的是皮特在什么是生活这一方面给我上了痛苦的一课，却使我更聪明、更睿智、更坚强了，使我更下定决心去赢得不死不休的好狗对恶猫的战斗。换句话说，我们又一次赢得了对小猫的精神上的巨大胜利，是真的。

尽管如此，事情还是显得有点儿严酷。不仅是因为天气阴沉寒冷，而且我跟萨莉·梅的关系又一次受到了沉重的打击。她的汽车陷在了沟里，显然她进城的计划不得不被取消了，除非……

我能做些什么事情，把她的汽车从雪堆里弄出来吗？不知何故，在刚才的混乱中，我竟然没有想起这事，但是现在……

我和卓沃尔离开了会议室。"卓沃尔，我刚才想起一件事。"

"我真该死，我也曾想起一件事，但是后来我给忘了。"

"请保持安静，注意听。"在我们往房子走的路上，我告诉了他把萨莉·梅的车从雪堆里弄出来的计划。"你觉得怎么样？"

"噢……你真的认为能行吗？"

"当然能行。这是有科学依据的，要运用地热能原理。"

"噢。"

"没错，地热能。它的意思是科学地运用自然热水资源。热水能融化雪，对吧？雪融化了，车就没有阻碍了。车没有阻碍了，萨莉·梅就又高兴了。我们能好好地赢上几分。"

"是的，但是……"

"我还没说完呢。我们的身体里有大量的热水资源，卓沃尔，我们一定能用自然的力量帮助女士化解危难。"离得很远，我们就听到了车轮的哭诉声，萨莉·梅想把车从雪堆里开出来。"那儿。你听，她正在危难之中，我们能够帮她。"

"是的，但是这条老腿又开始疼了。我不知道是否能走到车那儿。"

我狠狠地瞪了这个矮子一眼。"卓沃尔，我是在给你机会重新赢得萨莉·梅的爱和感情。"

"是的，但那是你的事。"

"什么？"

"我说……这条老腿真的又开始抽着疼了。噢，真疼！噢，我的腿呀！"他瘸着腿转了个圈，倒在了雪里。"又疼了，我真倒霉！"

我向下瞪了他一眼。"卓沃尔，你的腿是真疼呢，还是又一次想逃避任务呢？"

"不，这一次是真疼。是真的。我看你最好还是自己去吧。我只希望我能忍受负罪感。"

"嗯。好吧，没问题，只要你说的是真实的。"

"噢，是的，非常真实。我不知道我什么时候有了腿疼的毛病和负罪感。"

"好了，士兵。我看我们得把你留在这儿，我们继续去执行任务。祝你好运。我们会在那边看着你的。"

非常不幸，哈？的确是这样。我为这个小家伙感到难过。我的意思是，他的运气太差了，在执行重要的任务前，他的腿辜负了他。当他意识到他将失去一次展示英雄行为的机会时，我能从他的眼睛里看到深深的遗憾和痛苦，但是……噢，当我们中的一些人跃上英勇新高度的时候，有些人却掉落在了干草屑里。

我没有别的选择，只能把卓沃尔留在他倒下的地方，在痛苦和负罪感中扭动。我们中的一个必须肩扛着任务继续走……应该是，肩负着任务继续前进，去把萨莉·梅的车从冰冷的雪堆里弄出来。

我把鼻子转向……哎呀……一阵寒冷的北风直接把我送到了被雪困住的车前。当她把前进挡换成倒挡，想把车从雪堆里倒出来时，我能听到轮胎的哭诉声。当然没有效果。我应该去告诉她耐心点儿，坐在车里别动，帮忙的人马上就来了。

地热能。非常令人印象深刻，一条狗竟然知道如此深奥的科学原理，对吗？的确是这样。当房子的女主人被困在了雪堆里的车里时，大多数的普通杂种狗只能是站在一边说："汪汪汪。"我可不是这样，伙计。在这个牧场，任何我们能运用科学和数学解决日常生活问题的时候，我们都会冲上去。

我没用多长时间就赶到了进退两难的汽车前。我走到了右后轮胎……哗！她还在让车轮在雪里飞转着……哗！你是知道的，如果她能关闭发动机，安静地坐着，只需几分钟……哗！

从另一方面来说，如果我先放弃后轮胎，把我的力量集中在前轮胎上，我就会减少被飞起的雪打中的风险，对吧？到那边去没问题，我只需要稍稍地绕点儿路，小跑到汽车的左边，就到了左边的前轮胎。非常精明，哈？

我轻松地到了左前轮胎，先按照常规闻了闻，检查了一下它的气味。这样做并不是十分必要，但是我们经常采取这种预防措施。预防什么呢？我们也不是非常清楚，但问题是我们狗总是这样做，所以我也就这样做了。

在几秒钟之内，我完成了闻的程序，然后直接进入了地热程序状态。在这种状态，一条狗必须四脚全部着地，这样他庞大身躯的重量就可以达到均匀分布的状态。把太多的重量放在一侧会使身体失去平衡。

你看，在我们释放地热能液体之前，也就是说，我们必须保证发射平台绝对的水平，方正，垂直等等。要想保持水平和方正，是非常麻烦的一件事，很多杂种狗不会这样麻烦自己，但是对我来说这只不过是常规程序。

我花了些时间，但终于把每件事都搞定了，然后我准备进入这个程序的第二阶段。在这个阶段，我们要用巨大的水压泵，实际上就是抬起发射平台的一条腿，是真的。在这次事故的处理中，也就是要抬起右后腿……

啊？

一个女人正站在我的身边。她穿着厚厚的外套，戴着一顶裘皮帽子。她的鼻孔向外张着，就像一条响尾蛇的头，她的牙齿紧咬着，就像……我倒吸一口凉气。我以前见过这个女人……就在不久以前，事实上，我有一种感觉她是……

"离我的车远点儿，你这个呆子！你还没有玩够吗？"

好吧，原来是萨莉·梅。你认为这是女怪物？我也是这么认为的，但只是一小会儿，然后我就知道这肯定是萨莉·梅。她有两个孩子，是吧？车里就有两个孩子，事实上，其中的一个（小阿尔弗雷德）正把头伸出窗外……噢，在咧嘴笑着什么事情。

他为什么会笑呢？我笑了吗？肯定没有。我瞥了一眼萨莉·梅，我能看出来……也可以说是，她的心情非常沉重。也许她没有理解我跑回来是为了融化陷住她车的雪……

你不会相信她做了些什么。我被震惊到骨子里了。她抓起头上的帽子向我扔了过来！

"从这里滚开！滚！"

咦，我只不过是想……好吧。如果她想让她的车在雪堆里待上一整天，如果她不想让我帮她，我可以滚。但是如果下次她再把车开下公路，把自己陷在雪堆里……

我闻了闻。

你知道吗？她的帽子有一种非常有意思的气味。使我想起了很多……兔子。我们曾经讨论过兔子和兔宝宝吗？我们牧场里有很多兔宝宝，我无数次试过想抓住一只，但是总没有成功过。他们是非常聪明的小鼻涕虫，躲进管子和废物堆里的专家。

但这是一顶漂亮的兔皮帽子，躺在雪里。见鬼，如果她不想要了……

"放下我的帽子！回来，你……汉克，给我帽子！"

天哪，她又向我追过来了！

总之，我对嚼她的烂帽子没有一点儿兴趣，所以我，啊，扔下帽子跑了，只差一步……啊！她向我发射了一个雪球。实际上，我只慢了半步，她击中了我的肋骨。疼吗？的确很疼。没有人会告诉你萨莉·梅投石头或雪球的技术很差。她能在二十码内用马铃薯击中你的眼睛。

超出这个距离，她就失去了水准。但是她总能让人联想到危险。我最好的建议就是……千万别让她击中了，她可能会击穿你。

总之，事件最后的转折，让我感到很悲哀，我必须承认我又一次地感到困惑……一条狗到底该怎样做才能使这些人满意呢？

你想护送他们出牧场，他们发疯了。你想把他们的车从雪堆里弄出来，他们发疯了。你想捡起他们扔掉的烂帽子，他们也发疯了。

我不理解。真让人非常气馁。

第八章

皮特占领了冷冻室

你可能以为萨莉·梅的汽车会在雪堆里待上一整天，她今天是进不了城了，对吧？

噢，事情本来是这个样子的，甚至也应该是这个样子的，因为她冲着我大喊大叫，拒绝了我要提供的帮助。但是她的运气好。我刚离开现场，你猜，是谁的小货车来了？鲁普尔的。

他在牧场的最北边给牛喂干苜蓿，他是回来装干苜蓿的。萨莉·梅看见他过来了，向他挥手求助。（注意，她既没有对他喊叫可恨的话，也没有向他扔雪球。）

鲁普尔在汽车旁停下来，下了小货车。萨莉·梅开始说话，并用她的手和胳膊做着夸张的动作。我听不清他们的谈话，但我还是设法得到了一些线索。有好几次，她用一根手指刺向我这边，当她提高音量的时候，我听见她说什么"那条狗"。

你明白是什么意思吗？她是在指责我！她就没有想过整个事件都是她的宝贝小猫在背后策划的？她当然没有想过。在她的眼里，皮特是从来都不会做坏事的，我则是从来都不会做好事的。你还不明白吗？这样事情对她来说就简单了。每当牧场里有什么不好的事情，她从来不会浪费时间去寻找坏蛋，她总是把矛头直接指向老汉克。

抱怨，嘀咕。好吧。我会把账都算到完美的小猫先生身上的。我还不知道将采取什么样激烈的行动，但是他一定会为此付出代价的。你可以骗警犬汉克一次，有时候甚至是两次、三次，但是迟早，你会自吃苦果的。

应该是自食恶果。

他迟早会自食恶果的。这回你说对了。

我留在那儿，看着。鲁普尔把一个长链子挂在了汽车和小货车上，给小货车挂上了四轮驱动挡，把汽车拖到了路上。萨莉·梅微笑着，说着好话来感谢他，然后开车进城了。

当然，没有微笑和好话对我，但是我不能花费我一生的时间沉浸于世界上的不公平之中，或者为自己感到遗憾。是的，我对天发誓，一定要报仇！

这样不公平！

这是我说的。我这句话被收录在了《生活记录大全》中。

我高昂着头离开了现场。我没有什么可惭愧的，从良心上来说我没有做错任何事。我去找小猫。

在器械棚前，我遇到了治安部精锐部队B连——卓沃尔。你以为他还躺在雪里，负伤了，忍受着他那条坏腿的痛苦？没有，先生。他用四条腿站立着，看上去健康得像一匹马。

他用一贯的傻笑来迎接我。"噢，嗨。你把萨莉·梅从雪里弄出来了？"

"卓沃尔，你让我感到怀疑。我完成危险的任务回来时，发现你的腿已经奇迹般地痊愈了。"

"是的，现在好多了，谢谢你的问候。"

我眯起眼睛看着这个矮子。"我没有问候，但是也许我应该问候一下。你怎么解释这戏剧般的康复呢？"

"噢，你是知道那句老话的。"

我等待着。"我可能真的知道那句老话，但是你也许能加强一下我的记忆。"

"噢，好吧。让我想想。"他皱着脸，一副深思的表情。"你知道，我想不起来了，是一句很棒的老话。"

"太好了。有一句老话可以解释你的腿是怎么自己好的，你却想不起来了？使劲想，我想听听。"

"好吧，让我再想想。"他斜着一只眼睛，另一只转动着。"等等，我想起来了，'时间治愈负伤'。"

我在脑子里反复地思考着。"这不符合逻辑。使劲想。"

"噢，好吧。"他斜着眼睛，嘴里咕噜着，在他愚蠢的大脑里搜寻着。"想起来了，'时间能治愈……水泡'。"

我向上翻着眼睛。"卓沃尔，你是不是想说'时间能治愈一切伤痛'？"

他的脸笑得像朵花一样，他开始上蹿下跳。"就是这句！你是怎么知道的？"

"因为我知道所有的有智慧的老话。这儿还有一句是专门写给你的，'装腿疼的人，脑袋上会长疮'。"

"我从来没有听说过这句。"

"是我刚编的，我建议你好好想一想。"

他的眼睛向上望着云彩。"装腿疼的人……脑袋上会长疮。你看，这句不太押韵，是吗？"

我用鼻子戳着他的脸，冲他一声咆哮。"先忘了押韵，忘了你伪造的伤腿。小猫在哪儿？"

"小猫？"

"对，小猫。你还记得猫吗？喵？嘶嘶？咕噜？"

"噢，是的……猫。你知道，我们的牧场里有一只。老皮特。"

"对。他在哪儿？我一定要把老皮特做成汉堡包。"

"伙计，我喜欢汉堡包。"

"他在哪儿？！"

卓沃尔往后退缩着，冲我做出了一个受伤的表情。"讨厌，你没必要大喊大叫。"

"我没有大喊大叫！"我喊叫着说，"最后一遍，汉堡包在哪儿？"

"噢……我认为萨莉·梅把它放在了冷冻室里。"

"谢谢。这才是我需要知道的。"我转身离开了这个傻瓜，开始走向……我又转身走了回来。"你说皮特藏在冷冻室里？"

"不，是汉堡包。"

"皮特把汉堡包藏在了冷冻室里？"

"不，皮特藏……萨莉·梅放……"突然他哭了起来，瘫倒在地上。"我不知道我在说什么！我被搞糊涂了！当你对我喊叫的时候，我没法思考！"

我给他时间，让他抽泣着度过这个危机时刻。"好了，伙计，我不会再对你喊叫了。我会用平静的、火箭弹的语调跟你说话。我们可以像成年的、成熟的狗一样讨论。"

他从前爪子的缝里向外窥视着。"什么是火箭弹？"

"是一种电力设施，可以把一个人的声音从一个地方传播到另一个地方。你说小猫曾用过电话？"

"噢……"

"因为如果他……"我开始踱步，就像我经常做的那样，当我……这个我们已经讲过了。"好吧，让我们从头开始。根据你的证词，皮特藏在冷冻室里，他用萨莉·梅的座机打了个秘密电话。这是个非常重要的信息，卓沃尔，这把本案带入了一个新的方向。"卓沃尔发出了一声叹息。"在我审问的时候，请不要叹息。"

"救命！"

"你的信息提出了两个至关重要的问题，卓沃尔。皮特是怎么进入冷冻室的？他在跟谁打电话？如果我们能找到这两个问题的答案……"我注意到卓沃尔在盯着地面，摇着头，小声嘟囔着。"现在有什么不对吗？"

"太荒谬了。我不知道我们在说些什么。我从来没有说过那样的话。"

"你没有说过皮特……"

突然我意识到所有关于小猫的谈话是……噢，那么可笑。好好想想吧。一只猫待在冷冻室里？还打电话？一点儿也不符合逻辑。但是不知何故……

我灵活地移动到卓沃尔的身边。"卓沃尔，我们需要谈一下。我觉得我们的交流存在些问题。你注意到了吗？"

他点着头。"是的，这已经开始在折磨我了。希望不是因为我们自己的原因。"

"我们？你是指，你和我？"

"是的。如果是我们自己引起来的，那么也许我们出了什么问题。"

"解释一下。"

"好吧，我不想认为，我们就是一对……傻狗。"

"傻狗？"这两个字引起的震惊一直传到了我的尾巴根儿。我从他身边走开了几步。"噢，我……我必须说你的这句话令我大为吃惊，卓沃尔。说实话，我甚至从来没有考虑过这种可能性。"

"是的，我也没有，但是我现在开始怀疑了。"

当我们两个纠结于这艰难的选择时，出现了长时间的沉默。有这种可能……吗？难道是……？我的目光在牧场总部游动着，最后停在了皮特的身上。他正坐在院门柱上。他好像在观察着我们，偷听着。他傻笑着，向我挥了挥爪子。

一个想法在我大脑深处形成。

"等等，先停一下。我开始看到了黑暗尽头的曙光。不是我们的原因，卓沃尔。是皮特的原因！"我走到卓沃尔的身边。"你还不明白吗？是他引起的！"

"是他？"

"是的，当然了。"我又开始了踱步。"我怎么这么笨呢？是他向我们提议的，卓沃尔，他利用了我们，操纵了我们，使我们陷入了尴尬的境地，使我们喋喋不休地说了些废话。"

"你的意思是……"

"是的。他使用了阴险的诡计和肮脏的阴谋。先是唬人的护送服务，现在是他住在冷冻室里和打电话的荒唐故事。你认为这都是从哪里来的？"

"噢，我认为你……"

"是从皮特那儿来的。他编造了有关冷冻室的故事，想让我们失去精神上的平衡。你知道吗，他差一点就得逞了。"我转过身。"但是我们及时地揭穿了他，现在我们要准备反击。我已经准备好了，卓沃尔。"

"你准备好了？"

"是的。你听这首歌。"

就在那儿，当着他的面，我唱了一首歌。

我已经准备好了

我真的不喜欢这个家伙，

我觉得我已经受够了

小猫骗子先生的招牌玩笑。

这个小乞丐使用了肮脏的诡计，

我像成吨的砖头一样掉了进去。

老皮特肯定会认为我真的很傻。

我在这儿告诉你我不傻，

虽然我的生活掉进了坑里。

小猫靠的不过是运气，仅此而已。

想骗一条狗是多么不容易，

谁会相信子虚乌有的东西？

诚实的狗不过是一只呆鸭。

这个阴谋是他和萨莉·梅一起策划的，

我掉了进去，我很沮丧。

她对我大喊大叫，并把车开进了沟里。

我想试着去赢得她的心，

事故又把我们分离。

萨莉·梅已经变成了一个女巫。

我相信她并不真的知道，

我一直担心路的大雪。

我是说有雪的路会很滑，

我害怕得要死，如果她出车祸。

她果然出车祸了，然后

却把责任推给了我！

这里面出现了严重的问题。

当我为此而受到谴责的时候，

我简直很难理解，

这个流鼻涕的小东西怎么这样卑鄙，

他居然取得了如此巨大的胜利，

而我才是应该占上风的人。

我的心里充满了对小猫的仇恨，

我希望能有一个棒球棍。

我复仇的时刻就要到了。

我的愤怒已经接近了顶点，

从此跟这个卑鄙的东西不会再有和平。

现在我终于准备好了，

我已经准备好了！

一首十分美妙的歌，哈？的确是这样。别忘了这可是我现场创作的。

我转身面向卓沃尔，给了他一个胜利的微笑。"这个小东西竟敢公然挑衅，你猜我们下一步应该怎么办？"

"揍他？"

"不。这样会直接走入他的圈套。这正是他想要的，卓沃尔。如果我们发起反击，就会激怒他，所以我们要……和蔼。"

第九章

想出打败
小猫的妙计

卓沃尔惊讶地盯着我。"和蔼？你是说，对皮特？"

"是的，对皮特，对萨莉·梅，对每一个人，卓沃尔。我们要改变我们的行为，变成完美的狗。我们要用皮特自己的招数来打击他。我保证这样会使他发疯的。哈哈。"

卓沃尔不知所措地摇着脑袋。"伙计，我真的被搞糊涂了。"

我拍着他的背。"这会有用的，伙计。好好看着我，学着点儿。现在，"我瞥了小猫一眼，"我们就把计划付诸行动。开始。"

我走上了通往院门的石子车道。皮特把尾巴盘在臀部，站在院门柱的顶上。他的脸上带着惯有的傲慢傻笑。我们走得越近，他的笑容就越灿烂。

"嗯。我的天哪，原来是警察来了。"

"是的，我们就在附近，想着过来问声好。你好，皮特。哎呀，你今天过得怎么样？"

"噢，汉基，我今天太棒了。你……"他往前探着身子，傻笑着。"……怎么样。哈哈。我猜你和萨莉·梅之间出现矛盾了，嗯？"

本能地，我的耳朵开始跳动，我的嘴唇开始抽搐，想要发出咆哮声，但是我及时设法把它们镇压了下去。"哈哈。是的，老伙计，都是你干的好事。我的意思是，护送她的汽车到公路上……哈哈……是你想的一个好计策，皮特。"

他的眼睛亮了。"非常过分，是吧？"

"真的是个令人难以对付的圈套，你知道，皮特，我就像砖头一样掉了进去。"

"你真的掉进去了。我还害怕你能看出来呢，汉基。"

"没有，我没看出来。哈哈。在这方面，你能领先我几英里。"

他眨了眨眼睛，开始舔他的爪子。"现在你都明白了，痛苦得想报仇，但是你运气不好，我坐在上面，你够不着我。"

卓沃尔和我交换了一个眼色。"别害怕，皮特。实际上，我们到这儿来是为了向你表示祝贺的。是吧，卓沃尔？"

"噢，是的。没错。的确是。"

看见了吧。老皮特的傻笑就像一只死鸟从树上掉了下去，不见了。他张着大嘴，盯着我们。"我没听明白，汉基。你是什么意思？"

"没什么意思，皮特。现在我们祝贺完了，就要走了。"

我向卓沃尔使了个眼色，我们开始走了。在我们身后，皮特说："你们不想咬断这根门柱？"

"这次不想，但是谢谢你的建议。"

我们继续走。在我大脑的深处，我能看见皮特的脸——他张着大嘴，眼睛暴突，爪子僵在了空中，忘了去舔。然后我听见了他的声音。"如果我……下来，你觉得怎样，汉基？"

"随你的便。我们还有事情要做。再见。"

我们继续走。经过一阵沉默，然后我们听见皮特的爪子挠门柱的声音，他开始大声叫唤："汉基？我现在在地上了。你觉得怎么样，嗯？"

我和卓沃尔交换了一个眼神，哈哈笑着。我喊道："这雪太冷了，是吧？我希望不会加重了你的咳嗽。"

我们继续走着。我听见身后有爪子嗖嗖刨雪的声音。过了一会儿皮特跑到我们侧后方。他给了我一个酸溜溜的表情。"汉基，你想怎么样？"

"怎么样？我不明白你的意思。"我转身对卓沃尔说："你明白他的意思吗？"

卓沃尔回过神来。"噢，嗨。你说什么了吗？"

"皮特认为我们要怎么样。你知道他说的是什么吗？"

"噢，当然了。他是说……"

"嘘！"我打断了他的话，同时瞪了他一眼，然后转身面对着小猫。"对不起，皮特，我们不明白你说的是什么。"

"这不管用，汉基。"

"这？什么是'这'？"

"你想变聪明点儿，但是那不符合你的性格。"

"不管你怎么想，皮特。现在，如果你不介意，我们还有事情要做。"

小猫站住了，我们继续以从容不迫的脚步往前走着。我听见身后皮特的声音："这永远也不管用，汉基。你等着瞧吧。"

过了一会儿，我向后偷偷看了一眼，瞥见小猫独自站在大雪里，尾巴尖在来回地摆动着，怒视着我们。哈哈，嘿嘿，嚎嚎。伙计，那是一只一头雾水的猫！

我看了卓沃尔一眼。"你觉得怎样，伙计？我们是不是扰乱了他的大脑，或者别的什么？"

"是的，哈哈，我从来没有看见他这么震惊过，哈哈。"

"我们现在开始等萨莉·梅从城里回来。老皮特看到我们的下一步行动，肯定会气破肚皮的。"

"噢，我们准备怎么做？"

"哈哈。卓沃尔，我们要把下午剩下的时间都放在我们的举止上，提高我们的行为技巧。"

他停下来，盯着我。"举止！噢，糟糕！这也太难了。"

"不管怎样只要能成功，卓沃尔，不管怎样只要能成功。哈哈。"

非常诧异，哈？的确是这样。狗的大脑是一个了不起的东西。一旦被唤醒，就停不下来，也不允许有任何严重不和谐的因素存在。皮特挑起了这场战争，我们就要结束它——即使这意味着我们要学习一些文明的举止。

在接下来的时间里，我们确实是这样做的。我们在吃的技巧上开设了速成班：嚼东西的时候不要发出声音；吃美味的时候要细嚼慢咽；不争抢；不能狼吞虎咽或因为吃得太快而呕吐（你知道，当我们狗在萨莉·梅的面前狼吞虎咽，然后呕吐的时候，她会很厌恶）。我们学习耐心和审慎，坐着要一动不动，和其他的我以前从来没有尝试过的技巧。

那是一个相当了不起的下午，几个小时之后，我们已经疲惫不堪了。我从来没有想到过做一条好狗还需要脖子忍受如此的疼痛。但是我们坚持着。我们边学习，边实践；边实践，边学习。在太阳落山的时候，我们累垮了，但是也准备好了。这时我们听见萨莉·梅的汽车驶下了公路，轮胎压在冰和冻雪上发出的嘎吱声。

我瞥了一眼卓沃尔。"好了，伙计，进入战斗状态！跟我来。"我们朝北向乡村公路奔去，穿过了冰雪和冻土地带。当我们呼啸着经过院门时，我向小猫扫了一眼，他正面带愉快的笑容，喊道："噢，好呀！你们去护送她回房子。一个了不起的主意，汉基。别忘了，要待在前面，慢慢走。"

"知道了，伙计。多谢了"。

哈哈。他什么也不知道。

我们赶到邮筒时，萨莉·梅正好拐下乡村公路，上了通往房子的私家车道。通过窗子的玻璃，我能看见她的目光像子弹一样射来。她的嘴唇在动，但我听不见她在说什么。毫无疑问，她认为我会跑到路的中间，引领她到房子，她已经准备好再一次对我大喊大叫了。

哈哈。我给萨莉·梅准备了一个小小的惊喜。我没有小跑到她汽车的前面（重复去犯给我带来巨大麻烦的相同错误），我跑到了汽车的侧面，采取了侧面护送，发出命令，启动"欢迎回家程序"。

我们讲到过"欢迎回家"吗？这是个能产生非凡效果的程序。通常我们保留着很少用它，只有我们的人离开几天的时候才用，但是我想现在是运用这个程序的好时候。我们需要做些特别的事情，是吧？这就很特别。完美地实施"欢迎回家"程序包括几个阶段，非常复杂，也不容易成功。我们有时间讲一下所有的细节吗？当然了。为什么不呢？

在第一阶段，狗要采取侧面护送的位置，跟在汽车的一侧小跑，这一点我们已经讲过了。在第二阶段，狗开始大叫，但不是普通的大叫。它们被称为"欢快的大叫"，要做得适当，你必须控制好调门和对大叫器官的送气量。

然后是第三阶段，在我们跳跃和旋转时，要表现出真正的兴奋。明白了吧？当"欢迎回家"的程序做得正确时，我们要把这三个阶段同时表现出来！非常惊奇，哈？的确是这样。即使是在好天气，干燥的地面上，这也是个不太容易完成的程序，在天气不好的时候，就更加困难……

扑通！

小心那个洞。

当地面被大雪覆盖看不见坑和洞、石头和树，和其他的能绊倒你的东西时，就更加……

扑通！

……庆祝程序被迫中断，是一条狗……噢，摔倒在地上，鼻子插在了雪里。是的，确实很艰苦，大多数的普通狗，在地面上有雪的时候，甚至连试都不会试，但是我们不仅试了，而且还算成功了。除了有几次摔倒在雪上之外，这是一次完美的"欢迎回家"的表演。

我们护送着汽车绕过房子前面的山坡，下了山坡，然后到了房子的后面，一路到了院门。皮特还坐在院门的旁边，他脸上带着僵硬的傻笑，看见了我们的全部表演。

"噢，汉基，这是个新的程序。"

"说得对，伙计，我们还没有表演完呢。"我转过头对着我的助手。"好吧，卓沃尔，我们排成一行，进入'控制坐姿'的程序。"

我知道所有的这些新的术语和技术信息都十分复杂，所以，我们真的需要对"控制坐姿"多说上一两句。从某些方面来说，它比"欢迎回家"做起来甚至更困难。它需要大量的训练和约束。

使这个程序如此困难的原因是它紧随着欢快的大叫、跳跃和旋转这些丰富情感的外在表现。"控制坐姿"却恰恰相反，它要求一条狗从疯狂的欢乐中进入约束性很强的坐姿状态，在这时他必须严格地控制情绪，几乎一动不动地坐着。

说实话，我也不知道我们能否做到。我的意思是，我们已经练习了一个下午，但还是……你看，如果你是一条忠诚的狗，当你的主人回家，你的心里充满了欢乐时，最自然的表达方法应该是跳到你主人的身上，在她的脸上给她一个热吻——如果脸上不可能，有时候也可以在脚踝上。

但是我心里觉得，对于萨莉·梅这是个错误的方法。你看，我曾有过痛苦的经历，她一点儿也不欣赏对她跳跃、亲吻式的欢迎。为什么呢？我也不知道。这是我生活中没有弄明白的重要秘密之一。我的意思是，你会认为……

她有点儿奇怪，我们不需要再多说什么。关键的是，我知道如果我们实施"控制坐姿"的程序，她会被深深地感动。

我转身对卓沃尔说："好了，伙计，坐直了，控制好你自己。她准备下车了，无论发生什么，保持好坐姿。"

"噢，糟糕，我希望我能做好。"

"你能做好。我们受过这方面的训练。而且我们又练习、准备过了。现在是检验我们训练成果的时候。纪律，卓沃尔，要记住纪律。"

"噢，我会尽力的。"

萨莉·梅关闭了发动机。她从车窗看见我们坐在她的车门旁边……也可以说是，坐在她的旁边。她眯着眼睛，皱着眉头，嘴里小声嘟囔着什么。她打开车门，下了车。

突然……

第十章

对小猫的
正义惩罚

你认为我们会被过度的疲劳累垮，是吗？你还是承认了吧。你认为我们会突然被波涛澎湃的激情压倒，破坏纪律，扑到萨莉·梅的身上——这正是小猫所希望看到的，他潜伏在院门的附近，观察着整个过程。

哈哈。我们没有。

我们保持着队形，用纪律约束着自己爱和奉献的情感。听到这些，你肯定会感到惊讶。我并不是说这样做很容易，其实一点儿也不容易，这是我职业生涯中最艰苦的工作。我的意思是，由于情感的原因，我们在震动——颤抖，战栗，摇动，抽搐。

卓沃尔的眼睛因为紧张而斜视着。我的前爪在上下移动着。我庞大身躯的每一块肌肉和每一根神经都在渴求放松，但是我想尽一切办法努力地控制着。

我们没有跳跃，或者去舔。我们坐在那儿，对房子的女主人做出了热爱的表情。她被感动了吗？她被深深感动了。她低头看着我们，看了很长时间，脸上的冰开始慢慢地融化了。是的，我亲眼看见了这个变化。

一开始，她好像震惊得说不出话来，但是然后她说："我的明星们！这可真新鲜。"

她关上车门，走到车的另一边，帮助孩子们下车。我看了一眼卓沃尔。

"好了，现在是忠诚的狗跟上去的时候。我们走！"

一眨眼的工夫，我们站了起来，跟在萨莉·梅的后面，跟着她到车的另一边。她打开车门的时候，我们扑通坐在雪里，进入了又一次"控制坐姿"的程序。

小阿尔弗雷德下了车，看见了我们。"嗨，狗狗。你们想我们了？"

噢，是的！事实上，我身上的每一根毛发都渴望放弃纪律，让自己扑到他的怀里。孩子和我，我们是最好的朋友，我的全身痛苦得想给他一个恰当的"欢迎回家"的仪式。但是不知何故，我忍受着，待在队伍里。

萨莉·梅抱起宝贝莫莉，关上车门，向院门走去。我的目光移动到她前面的一块冰上，那非常滑。她看见了吗？萨莉·梅，小心，留神你的脚下。她还抱着孩子，你看，如果她在冰上滑倒了……

这一切好像都是以慢动作发生的。我看着她的右脚踏在冰上，开始向前滑，她的身体后倾想保持住平衡，但是她的脚在继续滑动。她将摔倒，我能看见事情的发生。她和宝贝莫莉要狠狠地摔倒在冰冷的地上！没有人能够……

然后一个主意在我的头脑里闪现。这个主意并不好玩，但是我知道我必须这样做。我必须把自己的身体当作安全垫！我跳起来，一秒钟也没有犹豫，扑倒在她要跌倒的地面上。萨莉·梅的脚抬了起来，她重重地坐在了……噢……我的身上。当她们砰然坐下时，宝贝莫莉开始哭了起来。萨莉·梅差点儿把我压扁了，但是她和宝贝莫莉却没有摔断骨头或受伤。

小阿尔弗雷德扶萨莉·梅站了起来，她用震惊的眼神低头看着我。"你认为他是有意识这样做的吗？"

"我认为是的，妈妈。他是一条非常好的狗。"

我咳嗽着，摇摇晃晃地站起来，费力地喘着气。萨莉·梅眨了眨眼睛，摇了摇头，然后她咧开嘴笑了。"噢，我永远……汉克，我不知道你这样做是不是有意识的。若不是你，我很有可能会摔断脖子，或者是摔坏孩子，或者是……甚至我连想都不敢想。我相信你值得奖励。阿尔弗雷德，亲爱的，去给汉克拿几片熏肉。"她弯下腰，拍了拍我的头。"谢谢你。"

你听见了吗？哇噢！她说谢谢我，我马上就能得到令人垂涎的熏肉作为奖赏！还有比这更好的事吗？是的，甚至还有更好的。当萨莉·梅小心翼翼地走过冰面，穿过院门时，你猜，是谁跑了过来，想得到不应得到的注意？

是潜伏、傻笑先生——皮特。

你看，我在萨莉·梅的身上得到了嘉奖，这比杀了他还让他难受，他实在受不了了。他恶狠狠地瞪了我一眼，开始跟着萨莉·梅向房子走去，一路在她的脚踝上蹭着，嘴里还发出咕噜声。哈哈。也许你能猜到发生了什么。皮特把自己和她的脚纠结在一起，她踩到了他的尾巴上。

他的眼球突了出来，嘴里发出了很大的一声："喵——！"

萨莉·梅从他的身上迈过去，然后说："对不起，皮特，但是别挡着道。"

小阿尔弗雷德跟在他妈妈的后面。"走开，皮特！你绊到我妈妈了。"

真是太棒了，我差一点儿破坏了纪律，爆发出疯狂的、正义的大笑声。但是在最后的一秒钟，我强行控制住了自己大笑的欲望，依然保持着严肃的面容。

小猫从雪里跳出来，挨个抖动着自己的爪子。他的耳朵贴在了脑袋上，他瞥了我一眼。"噢，我猜你很高兴看到这些，汉基。"

"我？一点儿也没有，皮特。实际上，我坐在那儿，正在分担你的痛苦。在你有麻烦的时刻，我希望能够帮你做些什么。"

在我的身后，我听见卓沃尔喷着鼻息，发出了压抑的笑声。我努力地保持着一副真诚的面孔——不，一副悲伤的面孔，表达着我深深的悲痛，皮特终于……哈哈……得到了应得的报应，这个小害人精。很不容易，但我还是做到了。我不仅没有嘲笑皮特的不幸，我甚至没有笑。

我能看出来这等于杀了他。我赢得萨莉·梅的心的战役进行得十分完美，小猫不知道该怎么应对。

他跌跌撞撞地在雪中走着，这时他眼睛的瞳孔变大了。你知道，当他们发怒时，他们都会这样。他们的黑眼球变大了，意味着他们的思想跟他们的眼睛一样黑暗。噢，他的耳朵还贴在脑袋上。

"我知道你想干什么，汉基，但是没用的。"

"我不知道你在说什么，皮特。你指的是……"

"你会知道的。"

我没有时间琢磨他是什么意思。后门打开了，小阿尔弗雷德走了出来。噢，天哪，虽然隔得很远，我却看见了他拿着两片熏肉，熏肉正垂在他左手的食指上。我和卓沃尔交换了一个期待的表情。我们因为激动而开始颤抖起来。

卓沃尔说："我不知道，我是否还能继续坐下去。我已经闻到熏肉的味道了。我能吃一片吗？"

"你胡说什么？我是用……挣来的。好吧，没问题，我们可以分着吃。"

"噢，谢谢。伙计，我热爱熏肉。"

"我也是，但保持你的姿势。记住：举止和纪律。"

卓沃尔闭紧了嘴，摆出了一副毅然决然的面孔。"好吧，我试试。"

"要的就是这种精神。"

我们看着小阿尔弗雷德从大雪覆盖的人行道上向我们走来，皮特也在看着。当这孩子走近院门时，皮特就像丛林中的老虎一般跳到空中，从阿尔弗雷德的手里抢了我们的熏肉，然后逃走了。

卓沃尔和我还坐在那儿，等着奖励仪式的开始。突然晚会结束了。我们所希望的和梦想的没有了，只有小猫留在雪里的踪迹，和弥漫着的香味，多么香美的熏肉啊。

我惊讶得说不出话来。卓沃尔哭了起来。"他偷了我们的熏肉！皮特偷了我们作为好狗的奖品！我太想吃熏肉了，我受不了了！"他用泪眼盯着我。"你不准备做点儿什么吗？"

我的大脑在不停地转动着。我的大脑里有一个声音在呼唤着复仇，但是另一个声音却极力劝我保持冷静和克制。"老实待着，卓沃尔。让我们用制度来解决。"

"制度！"他抗议着。"制度对于猫来说是没有用的，因为他们都是骗子！"

"我知道，我知道，但我们还是要保持队形，看将会发生什么。"

小阿尔弗雷德的脸变成了深红色，他愤怒地看着逃进鸢尾花丛中的贼。我们能听见他在狼吞虎咽我们的熏肉奖品时所发出的咂嘴声和流口水声。

是皮特，不是小阿尔弗雷德。皮特在咂嘴和流口水。

小阿尔弗雷德举起拳头，冲着猫晃了晃。"我要去告诉我妈妈！"威胁声在清新的空气中飘荡着，孩子跺跺脚回房子里去了。过了一会儿，我们听见孩子说："妈妈，皮特偷走了我的狗狗的熏肉！"

我瞥了卓沃尔一眼。"你看？公正的车轮开始转动了。"

"噢，我希望车轮能碾过皮特的尾巴，这个卑鄙的老东西。我的心都要碎了！"

"我理解，伙计，但是要勇敢点儿。保持队形，遵守铁的纪律。事情会变得非常有趣。"

我们等待着。我的一只眼睛盯着鸢尾花丛，另一只眼睛盯着房子的后门。皮特的脸出现在房子的边上，在舔着嘴唇……你可能会猜到……他正在傻笑着。

他看见了我们，挥舞着一只爪子。"熏肉真是太香了，汉基。我希望你不会介意和我分享，因为你是一条那么和蔼的狗。"

我不知道我能否控制住自己。我的视觉变成了红色。我能感觉到我的眼球后面的压力，我能听见我的……某个地方火山爆发般的隆隆声，我想，是在我的心里。我能听见融化的火山岩发出的隆隆声，和蒸汽的嘶嘶声。

然后，在我的旁边，卓沃尔说："抓住他，汉基，揍他！"

我几乎失去了控制，向野性的本能屈服了，它在催促我去把诡计多端的小猫肚子里的沙拉揍出来。但是就在这时，后门打开了。

你也许还不知道，我们狗已经学会了从开门的声音中读懂萨莉·梅的情绪。如果门仅仅是打开又关上，这表明她的情绪很好。要是门猛地打开撞在了房子的墙上发出很大的声音，我们就知道，这时候应该趴低身子或者藏起来。

纱门打开时所发出的巨大响声，引起我的脊骨一阵战栗，我不得不强行控制着自己没有向小牛棚逃去——我们不只一次在那里躲过了萨莉·梅的……啊……伶牙俐齿和扫帚。

还记得有关萨莉·梅的那首歌吗？"当她发怒的时候，当她激愤的时候，树木也逃去寻找庇护。当她说自己不愉快的时候，群山也隐藏了它们的踪影。"

不是开玩笑，这是真的。嘿，当萨莉·梅发飙的时候，牧场里的所有生物都会鸦雀无声。

她怒气冲冲地走出房子，脸上有着危险的迹象——冒火的双眼，张大的鼻孔，像刀子一样薄的嘴唇。只要看上她一眼，就足以融化我身上的冰珠。

卓沃尔叹了一口气。"噢，我的天哪，我们最好还是逃走吧！"

"待着别动，伙计。看看会发生什么。"

"好吧，但是……"

"嘘。听着。"

她的眼睛在院子里扫荡着。她看见我们坐在院门的旁边——两条被抢劫了的、被欺骗了的忠实的狗。小阿尔弗雷德和她站在一起。

她问："猫在哪儿？"孩子指了指鸢尾花丛。她朝房子的西北角走去。"皮特？小猫？过来，小猫。"

我简直无法相信接下来所发生的事情。任何一条头脑正常的狗，当听到纱门的巨响时，都会逃之夭夭，但是皮特……你看，他很少领教过萨莉·梅个性中高热原子核反应的一面。噢，他真是个不可思议的笨蛋。

你知道他是怎么做的吗？他溜出鸢尾丛，一边咕噜着，一边在房子的墙上蹭着。然后他走到萨莉·梅的身边，把自己盘绕在萨莉·梅的脚踝上。他还不知道什么将要降临到他的头上。但是我知道，哈哈。

我喜欢这样！

　　萨莉·梅弯下腰，把皮特从地上抓起来。我的意思是，她不是把他从地上抱起来，而是闪电般地把他从地上揪起来，这着实使他的傻笑不见了。也许这时他才意识到情况有所不同。

　　萨莉·梅把他提到面前。"你这只没有规矩的猫。你偷了狗的熏肉，这是你不配得到的。你无耻！"

　　她把他丢在了雪地上。他抿着耳朵，给了我们狗一个愤怒的表情，然后就向房子的北面逃去了。

　　由于兴奋和激动，我几乎坐不住了！我真想一个斤斗翻到空中，大叫几声，以证实我们工作的出色，但是无论如何，我还是坚守着铁一般的纪律，保持着队形。卓沃尔也是一样。我为这个小笨蛋感到骄傲。

第十一章

我终于赢得了萨莉·梅的心！

在门廊上，小阿尔弗雷德发出了一声大喊："干得好，妈妈！"

她走回门廊，垂着肩，眼睛里看上去很不平静。"我讨厌发火，我真的讨厌这样，但是一个女人还能怎么做呢？当狗表现不好的时候，我教训他们，我只能对猫也做同样的事情，这样才公平。"她的嘴唇开始颤抖。"但是有时候，我觉得自己快变成了一个……刻薄的女巫。看看我都成什么样子了！"

然后，当着我们的面，她唱了一首歌。是真的。她是这样唱的：

一个女人还能怎么做？

今天早晨我认为我们的汉克是个恶棍，
我冲着他大叫，追他，甚至想杀了他。
我抓起雪球，想在他身上砸出个洞，
但是一个女人还能怎么做？

我向鲁普尔提议把他牢牢地拴起来，
这条小狗毕竟不是太聪明。

但是把狗拴起来好像不太对，

所以一个女人还能怎么做？

我的需求只有一点点，不过是发布命令而已。

就像你们在学校里一样。

如果我敢忽略和放纵这些行为，

黑暗的势力就会统治这个牧场。

现在你看我，我谴责了小猫！

我的愤怒像个火药桶一样爆发。

我知道这是我的职责，但我还是觉得自己很刻薄，

但是一个女人还能怎么做？

他们挑战我，考验我，把我变成了一个警察，

但是如果我不这样做，他们什么时候是个头？

这个牧场是我的家，而不是收容所，

所以一个女人还能怎么做？

难道我失去了理智，或者要求得太多？

毕竟我不是在管理一个动物园。

我不愿意当一个爱唠叨的怨妇，

他们全都认为我是个女巫，

但这是一个女人必须做的。

一首非常怪异的歌，哈？我认为是这样。我的意思是，还是让我们来面对吧，她提到了我的名字，是吧？虽然我已经改变了我的举止，变成了一个良好行为的模范，但我还是有些紧张。

当萨莉·梅唱完之后，她用忧郁的眼神扫视了一圈院子，然后落在了她儿子的身上。"这些话也是对你说的，年轻人。这里是我的家，必须遵守我的规矩。如果这使我变成了一个女巫，我也认了。"

男孩点了点头。"好的，妈妈，但你不是女巫。"

她的嘴角掠过一丝笑容，她的眼神里充满了爱意。"谢谢你，宝贝，但也许你是这个牧场里唯一这样想的人。"

"我现在能给狗狗熏肉吗？他们还在等着呢。"

她眨了几下眼睛，把目光移到……唔……我们的身上。我感觉就像有人突然拿着强力探照灯……或者是一台X光机直接对准了我的心脏。我倒吸一口凉气。难道是我灵魂的黑暗处闪过了什么邪恶的想法？如果我真的有过，她是能看出来的。

她总是能看出你邪恶的想法，任何不好的想法都逃不过她的眼睛。她的目光能穿透狗的心脏和大脑，看见里面的每一个抽屉，每一个橱柜，每一个饼干罐，直到发现邪恶的思想。

在她X光的注视下，我觉得自己萎缩了，瘫软了。我的头低了下来，一只眼睛开始抽搐起来。如果你能相信，我突然有一种强烈的冲动……噢，想咬住自己的尾巴。为什么呢？我也不知道。她让我有这种感觉……她的目光……

但是然后……她笑了！唔！我壮着胆子慢慢地摇摆着尾巴。然后她说：

"他们为自己赢得了熏肉，我要亲自给他们。"

她进房子里去了。我如释重负，差点儿晕了过去。到目前为止，一切良好。过了一会儿，她回来了，这一次纱门没有撞在房子的墙上。情况看来是越来越好了。她走下人行道，手上的纸巾里有两片生熏肉。

我感觉到我身体里对熏肉的强烈渴望在咆哮着。我是否还能保持矜持，控制住自己野性的本能呢？我没有把握。用优雅的举止吃生熏肉，对我来说还是个全新的领域。

她走过院门，站在我们的面前。她看着我的眼睛的时候，嘴上洋溢着罕见的笑容。"汉克，我不知道你是怎么了，但是对我们来说这个变化也太大了，对吗？就在今天早晨，我还想……"她没有把话说完。

啊……是的，女士。是有很大的改变。

"噢，你学会了一些规矩，我为你感到骄傲。尽管猫也许应该得到教训，但你并没有去欺负他。你是一条好狗，汉克，这是给你的奖赏。"

你听见了吗？萨莉·梅说我是一条好狗！哇塞！

你也许认为对熏肉的渴望会击垮了我，我会抢过她手里的熏肉，狼吞虎咽下去，把一切都毁了。我没有这样做，先生。我已经付出了这么多，我可不想把事情给搞砸了。嘿，我甚至让卓沃尔吃了第二片熏肉。

我用像兔毛一般柔软的舌头……呀，我应该改为，我用天鹅绒一般柔软的舌头，慢慢地舔了舔她用伸出来的手指捏着的熏肉。我看见她的眉梢挑起，她很感动。我轻轻地、很绅士地从她的手指上接过熏肉，把它卷进嘴里……你简直无法相信……我居然嚼了二十三遍。

是的，先生，二十三遍。一点儿也没有狼吞虎咽，一点儿也没有噎住，更没有在房子的女主人面前呕吐。在嚼了二十三遍之后，我才打开了闸门，

让它倾泻进了等待已久的食道。

非常神奇，哈？的确是这样。卓沃尔也做得不错，虽然他没有像我一样吃得那么优雅，但重要的是萨莉·梅被彻底地征服了。经过年复一年的努力，我终于赢得了她的认可！

她挨个抚摸了我们的头，但是然后……糟糕……她闻了闻她的手，做了个鬼脸。我屏住呼吸，等待着惩罚的降临。但是她笑了笑说："噢，千里之行，始于足下。"然后她回房子里去了。

耶！颁奖仪式结束了，而且取得了巨大的成功。好吧，尽管她对狗的气味表示了小小的不满，但她还是带着气味离开了仪式。

应该是一个微笑。她是带着微笑离开的。

我转身面向卓沃尔。"祝贺你，伙计。这也许是我们治安部门最美好的时刻。我们不仅重新赢得了萨莉·梅的心，而且给了小猫一个致命的打击。"

卓沃尔和我一样激动。"是的，哈哈，萨莉·梅称他为卑鄙的小猫。我从来没有想过她会这样称呼他。"

"熏肉太好吃了，是吗？我真希望能把这个过程拍下来，这样我们就能一遍一遍地反复看。皮特受到了责骂，他早就罪有应得！哈哈，嗨嗨，嚎嚎！说到小猫乞丐先生……"

我用目光把院子里扫视了一遍，希望能看见皮特把愤怒的目光刺向我们。嗯，没有看见他。我站起来，一路小跑到篱笆的北面，在那里能看清楚鸢尾花丛。

卓沃尔跟在我的身后。"糟糕，他跑了。不知道他跑到哪里去了。"

"他可能生气了。你了解小猫，他们不长记性，他们拒绝接受惩罚和任何纪律的约束。但是我们在意吗？"

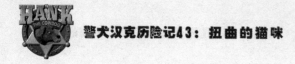
"噢……"

"不，我们才不会在意呢，卓沃尔。我们在意的是我们给了他毁灭性的打击，现在我们要回到办公室去，晒着太阳慢慢地享受我们胜利的荣耀。这可是牧场上非常有意义的一天！"

我们怀着骄傲、胜利的心情排成一队，昂首阔步地向治安部宽阔的综合办公室走去。在办公室里，我们将我们的粗麻袋床弄松软，像往常一样围着它转了三圈……扑通倒在了上面。

两条狗还能奢求什么呢？没有了，先生。这就是生活最好的赏赐了：一张温暖的粗麻袋床，赢得了战斗的胜利，打败了老对手，得到了萨莉·梅的认可，和垂涎已久的熏肉奖励。

哇塞！

我们用下午剩下的时间，在心里重复着所发生的事情……也可以说是……有点儿沾沾自喜。是的，足足有两个小时，我们纵容自己沉浸在沾沾自喜中，并且一点儿也没有感到羞耻。我怀疑我们创造了历史上两条狗沾沾自喜和自我欣赏的新纪录。

简直是太美好了——两个小时不停地沾沾自喜和自我欣赏，没有丝毫的负罪感和不好意思。我们窃笑着，哈哈地笑着，狂笑着，喷着鼻息，相互拍打着后背，把皮特的名字放在……什么的火上烧烤着。我觉得应该是幸福的火焰，尽管"幸福的火焰"这种说法听起来不太准确。

恶魔般兴奋的火焰。可能更准确一些。

总之，我们在疯狂的庆典中度过了下午剩余的时光，到太阳落山的时候，我们都感到筋疲力尽了。我从来没有意识到沾沾自喜也能如此累人。我们疲惫地、筋疲力尽地盯着对方的眼睛。深沉的寂静笼罩了我们。

卓沃尔打破了宁静。"噢……我们现在干什么？"

"我也不知道。我认为我们已经尽情地庆祝过了。"

"糟糕，我讨厌停下来。我真希望再庆祝一会儿。"

"是的，我也是，但是所有的好事也必须有结束的时候。"

"为什么？"

"噢……因为事情就是这样，卓沃尔。如果好事情永远持续下去……"突然我有了一个想法。"等等。也许有一个办法，我们能持续下去。"

"噢，太好了！怎么办？"

我站了起来。"卓沃尔，我们沾沾自喜了一个下午，但是我们却忽略了最高级的、最优雅的沾沾自喜的形式。那是一个我们从来没有经历过的、全新的、沾沾自喜的领域。"

"有这样的领域吗？"

"我们还没有当着皮特的面沾沾自喜呢！你看，我们可以跟皮特一起分享我们胜利的喜悦……让他感到痛苦！"

卓沃尔笑了。"啊，我怎么从来没有想到过？哈哈。这样会更好，是吗？"

"的确是。这样会是加倍的快乐，快乐的平方。我不知道我们为什么没有早点儿想起来。"

"噢，我们试过了，但是他跑了。"

"说得对。噢，现在他应该回到鸢尾花丛了。赶快，伙计，我们去找这个小骗子。"

我们离开了办公室，飞奔向院门口。在院门口，我呼喊着他的名字。"皮特？小猫？嘿，皮特，立刻到院门口来报到。我们有些东西要和你分

享。"卓沃尔和我交换了一下眼神，窃笑着。我们等待着。"皮特？"没有
回应。"皮特，这是牧场治安长官在讲话。我命令你到院门口来报到！"

他没有出现，也没有回应。

卓沃尔和我交换了一个困惑的眼神。"哎呀，我们现在该怎么办？"

我扑通一声坐在了雪地上。"我们就坐在这儿等。我是说，这小猫以为
他是谁？他总会露面的。当他露面的时候，我们让他听个够。"

我知道这个小害人精会出来的，他经常这样做。但是你知道发生了什
么吗？

噢，你会发现的。非常令人震惊。

第十二章

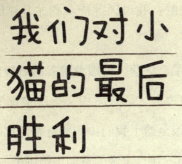

我们对小
猫的最后
胜利

几分钟过去了。太阳下山了，寒冷的冬天的夜晚降临在我们的周围。明亮的星星在……闪烁，不，他们没有闪烁。也没有星星，因为天空布满了阴云。

我们等待着，等待着。一个小时过去了。我感到厌倦得要死，每一秒钟都会让我发疯。你是了解我的：我讨厌等待。我尤其讨厌等待流鼻涕的小猫。

在大约七点钟，后门打开了，萨莉·梅端着晚餐的剩饭出来了。卓沃尔和我用完美的狗姿坐在院门的边上。萨莉·梅又一次被深深打动了。她说了一大堆赞扬我们的话，把剩饭全给了我们：一些奇香无比的烤牛肉的边角料，两坨带肉汁的土豆泥，还有三块自家做的黄油牛奶饼干。

毫无疑问，这是给一个国王的晚宴，但这全是给我们的，而且没有皮特在一边偷抢、抱怨、争吵和打架。

萨莉·梅在祝我们晚安后，回房子里去了。卓沃尔贪婪地闻着，我也贪婪地闻着，我们的眼神遇到了一起。

卓沃尔用颤抖的声音说。"有点儿不对劲。我甚至还没有感觉到饿呢。"

"我知道，我也没有。"

"真是不可思议。这是我们几个星期以来吃到的最好的剩饭了。"

"我知道，我们所能做的只是看着它。"我走开了几步。"你知道是谁让我们这样的吗？是皮特。他不仅破坏了我们沾沾自喜的庆祝仪式，而且还毁了我们的晚餐。"

"糟糕，也许他被郊狼吃了。"

"郊狼是不会吃他的，卓沃尔。你还不明白吗？他在躲着我们，他正藏在牧场的某个角落里，为他干的所有坏事而偷偷地笑呢。"

"你的意思是……"

"是的。他正在酝酿着另一个阴谋。噢，他永远也不会得逞的。快点儿，伙计，我们就是翻遍总部也要找到这个讨厌的家伙。如果有必要，我们就把他拖回到这儿来。开始行动。"

我知道他藏在那儿，就在器械棚里。那里是小猫藏身的确切地点。我们走上了山坡，冲进了器械棚。

"好了，皮特，游戏结束了。撅着尾巴出来吧。现在是你该回到院子里去的时候了。"没有看见小猫，也没有回应。"好吧，伙计，你想让我们把这个地方翻个遍吗？那我们就翻个遍好了。"

他以为他能躲过我们吗？哈，他没有想到，我们把这个地方翻了个遍，查看了每一个角落，每一个盒子和油漆桶的下面……噢，你也许会说他不在这儿。我突然意识到可能发生的危机是多么严重。

卓沃尔的下嘴唇开始哆嗦了。"噢，我的天哪，我就知道他是被郊狼吃了。"

"相信我，卓沃尔，郊狼不会吃他。我告诉你吧，这都是他计划好的，他不想让我们感到高兴。这完全是一只猫所能想出来的阴谋诡计。没有哪条

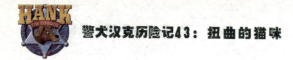

狗能像我们一样没有中计。"

卓沃尔用担心的目光打量着四周。"我们怎么办？"

"我们要找到他，卓沃尔。我们没有别的选择。你知道他做了什么吗？他剥夺了我们生活中的所有意义和目标！没有了皮特，我们的幸福感就失去了意义。没有了皮特，剩饭就只能是剩饭了。你想过那样的生活吗？"

他抽了抽鼻子。"我觉得我受不了那样的生活。"

"这就对了，那么我们就要找到他，找回我们生活的意义。"

我们继续搜索。我们查看了工具棚、废物堆和鸡舍。在鸡舍里很好玩，我们弄醒了二十七只没有头脑的小鸡。他们在一片混乱中大声抗议着，但是……没有找到皮特。

我又一次呼喊着。"皮特，还是治安部在讲话。这里到处都是我们的人，牧场总部已经被包围了。你已经无路可逃了。在我们失去耐心之前，你还是投降吧。"

卓沃尔越来越担心了，我越来越愤怒了。如果在一开始没有效果，你就得提高你的音量，对吧？我提高了音量。我尖叫着，呼喊着，恐吓着，甚至喊出了满嘴的白沫。

没有看见皮特，也没有回应。

这时，卓沃尔几乎哭了出来。"太可怕了。也许你应该用温柔点儿的声音。"

我盯着这个小矮子。"什么？温柔点儿的……卓沃尔，这是你说过的最愚蠢的话。他是一个小偷，他是一个骗子，他是一只诡计多端的小猫。我永远也不会……"我想了想。"好吧，也许能行，只要能找回我们的生活。我可以试着温柔点儿，卓沃尔，但是你要是对别人说起这事……·"

"我的嘴已经封上了。"

"最好是这样。我可是押上了我的整个职业生涯。"

我敢告诉你接下来所发生的事情吗？那可非常令人震惊，但是……噢，也许你已经猜出来了。好吧，事情是这样的。

我们在接下来的一个小时里，走遍了牧场总部，呼喊着愚蠢的小猫……呼喊着皮特，是用……一种压抑的……一种友好的语调。

就这样，我都耻于承认，但这是事实。完全是碰巧，竟然奏效了。

我们一路呼喊着来到了畜栏，为了这个荒唐的任务浪费了宝贵的几个小时。最后当我们站在马鞍棚前时，我们听到从饲料棚里传来熟悉的咕噜声。

过了一会儿，坏蛋出现了。他溜过饲料棚门下面的缝隙，轻轻地向我们走来。是的，这就是皮特，没错。我认出了他的全部特征。他蹑手蹑脚地走着，尾巴像旗杆一样竖在空中，一路咕噜着，在畜栏上蹭着，脸上带着像往常一样的能使我们发疯的傻笑。

"噢，我的天哪，原来是汉基。大晚上的，你到这儿来干什么？"

我把跳跃改为了咆哮。"你清楚地知道我们到这儿来干什么，你这个小骗子。我们来是要把你送回你应该待的院子里去。"

"但是我不想回到院子里，汉基。萨莉·梅责骂了我，把我抛在了雪地上，我永远也不回去了。你知道，猫是会记仇的。"

我大摇大摆地向他走去，用鼻子戳着他的脸。"你看，伙计，你得回到院子里去，无论你喜欢还是不……"

"哈，哈，哈。"他向空中举起一只爪子。"别费事了，汉基。如果你把我送回去，我还是要离开的。难道你想一天二十四小时看着我吗？"

"你不是在开玩笑吧？我会厌倦死的。跟你在一起待上一分钟就和牙痛一星期一样难受。"

"如果是这样，"他开始在我的前腿上蹭，"我们最好谈谈条件。"

我向后退，躲开这条小毒蛇。"条件？我跟一只小猫谈条件？哈！你疯了吧？"

他眨了眨眼睛，转身走了。"那好吧。你让我别无选择。"

我的大脑在翻滚着，旋转着。"皮特，我命令你……"他继续走着。我，啊，跟在他的后面——但是很慢，以我自己的速度。"站住。好吧，皮特，让我们谈谈条件。你是怎么想的？"

他停下了，抬头用怪异的黄眼睛看着我。"我不喜欢你们好狗狗的把戏。这样很反常，很不道德，会引起很多麻烦。"

我对着卓沃尔发出了一声冷笑。"你听见了吗？他不喜欢我们好狗狗的把戏。哈哈！"卓沃尔没有笑，所以我又转身对着小猫。"你是在开玩笑吧？你看，小猫，有史以来第一次，我跟萨莉·梅的关系是不错的。"

"我知道，汉基，但是我不喜欢你这样。"

我又转身面向卓沃尔。"这只猫有神经病。他的心理扭曲了。如果他认为我们应该……"

卓沃尔说："我认为我们最好这样做。"

我太吃惊了，我都喘不上气来了。我示意卓沃尔到一边小猫听不见的地方，进行一次高级别的协商。"卓沃尔，他的条件完全没有道理。"

"是呀，但是他把我们逼入了困境。只有这样才能找回我们的生活。"

"所以……你认为……"

卓沃尔点了点头。

我深深地叹了一口气。这是我职业生涯中最艰难的抉择之一。我来回踱了几分钟，皮特舔着他的前爪，卓沃尔焦急地等待着。最后，我作出了决定。我走回到小猫的面前。

"好吧，皮特，你看来拿了一副大牌。"

他咧嘴笑着，眨了眨眼睛。"我就知道你会这样想的。不再做好狗狗了？"

"不再做好狗狗了。你会回到院子里吗？今天晚上？"皮特点了点头。"好吧，咱们成交。现在，让我们把所有的不愉快忘掉，到院门口去。还有一些剩饭需要我们去消灭。"

我们三个开始向房子走去，皮特走在我们中间。他看了我一眼说："你知道，汉克，我认为这是我们美好友谊的开始。"

"是吗？你让我恶心。你使我头痛。"

"但是你喜欢这样，不是吗？"

"闭嘴，小猫。"

五分钟后，我们消灭了晚餐。剩饭太好吃了，我们狗得到的比我们应得的要多，哈哈。卓沃尔和我把小猫逼到了树上，我们花了整整两个小时沾沾自喜地嘲弄着小猫，对着小猫狂吠着……呀……直到愤怒的萨莉·梅走到门前，尖叫着要我们安静，并威胁说，要派鲁普尔拿着猎枪出来。

嘿，这又是美好的一天。我们找回了我们的生活和……

你觉得是不是有点儿乱？反正我觉得有点儿乱，我认为有点儿过分了。

案子结了。

小猫的某个地方出了问题。他的心理扭曲了，我是说真的扭曲了。

第44册《训狗学校历险记》

　　作为牧场治安长官，汉克知道驱除牧场的入侵者是他的工作——其中包括地鼠。但是当汉克努力清除院子里的地鼠时，却惊跑了赶拢的牛群。鲁普尔决定再也不能这样纵容汉克了，他想让汉克去学习一些规矩，所以他要把汉克送进——啊——训狗学校。对汉克来说，这就像去受刑，潮湿的地牢，墙上燃烧的火把，凶恶的训狗人把规矩当作武器一样挥舞。他怎样才能逃过此劫呢?

下册预告

1. 《警犬汉克初次历险》
2. 《警犬汉克再历险境》
3. 《狗狗的潦倒生活》
4. 《牧场中部谋杀案》
5. 《凋谢的爱》
6. 《别在汉克头上动土》
7. 《玉米芯的诅咒》
8. 《独眼杀手案》
9. 《万圣节幽灵案》
10. 《时来运转》
11. 《迷失在黑森林》
12. 《拉小提琴的狐狸》
13. 《平安夜秃鹰受伤案》
14. 《汉克与猴子的闹剧》
15. 《猫咪失踪案》
16. 《迷失在暴风雪中》
17. 《恶叫狂》
18. 《大战巨角公牛》
19. 《午夜偷牛贼》
20. 《镜子里的幽灵》
21. 《吸血猫》
22. 《大黄蜂施毒案》
23. 《月光疯狂症》
24. 《黑帽刽子手》
25. 《龙卷风杀手》
26. 《牧羊犬绑架案》
27. 《暗夜潜行的骨头怪兽》
28. 《拖把水档案》

29. 《吸尘器吸血案》
30. 《干草垛猫咪案》
31. 《鱼钩消失案》
32. 《来自外太空的垃圾怪兽》
33. 《患麻疹的牛仔案》
34. 《斯利姆的告别》
35. 《马鞍棚抢劫案》
36. 《暴怒的罗威纳犬》
37. 《致命的哈哈比赛案》
38. 《放纵》
39. 《神秘的洗衣怪兽》
40. 《捕鸟犬失踪案》
41. 《大树被毁案》
42. 《机器人隐居案》
43. 《扭曲的猫咪》
44. 《训狗学校历险记》
45. 《天空塌陷事件》
46. 《狡猾的陷阱》
47. 《稚嫩的小鸡》
48. 《猴子盗贼》
49. 《装机关的汽车》
50. 《最古老的骨头》
51. 《天降大火》
52. 《寻找大白鹈鹕》
53. 《卓沃尔的秘密生活》
54. 《恐龙鸟事件》
55. 《秘密武器》
56. 《郊狼入侵》